新米母は各駅停車でだんだん本物の母になっていく

母業23年つれづれ日記

大平一枝

大和書房

はじめに

新米母は各駅停車でだんだん本物の母になっていく

好きな家事と嫌いな家事はなんですかと、聞かれたことがある。考えてみたら、ほとんど苦手なことばかりで、答えにつまった。なにしろ面倒なことが多いし、がんばって掃除をしても、翌日にはしっかり汚れている。料理も作っては片づけ、片づけては作るの繰り返し。つくづく、ゴールのない作業である。

長男が四歳、長女が〇《ゼロ》歳の新米母時代はとくに、毎日がよれよれだった。フリーランスの共働き生活も始まったばかり。平日はフルタイムで働き、貴重な週末の午前中は洗濯と掃除でつぶれてしまう。やっときれいになったと思ったら、午後にはもうおもちゃが床に散らばっている。

まさに、あのころの私にとって、家事は最大の敵だった。

そんな日々なのに、雑誌を見ると梅を漬けてみようとか、天然酵母のパンを焼こうとか、素敵なお母さんが目白押しなのである。目にするたび、できていない私は〝お母さん偏差値〟が低いなぁと、心がしぼんだ。

ところが、子どもはこちらがどんなによれよれで、失敗続きのだめ母でも、勝手に大きくなってゆく。

そして、自転車の補助輪が外《はず》れる年齢の頃、不意に私に小さな自由がおとずれる。仕事と育児と家事の間に、名前のないすきま時間ができるのだ。

たとえば朝。

送迎しなくても子どもは勝手に小学校に行ってくれる。とたんに、ぽっかりと仕事を始めるまでの時間が空く。

夜は、添い寝も夜泣きもない。

そんな名前のない自由時間には同時に、小さな淋しさもはりついている。

家事と子育てと仕事を、どうにかこうにか自分流の方法で向き合いながら、私は少しずつ、〝お母さん〟というものになっていった。

最初の頃は、こうしなければ、ああしなければともがいたが、お母さんの正解なんてないのだから、自分を責めずに、笑って暮らせる方法を考えればいいと、重い荷物は早々に下ろしてしまった。

新米母は各駅停車でだんだん本物の母親になっていく。

自分流でいいんだなあと肩の力が抜けたとき、ふと梅や味噌やらっきょうを漬ける隙間時間があることに気づく。

余裕がないと見えなくて、余裕があると見えるものはたくさんある。

路傍《ろぼう》の石、夕刻の茜空《あかねぞら》、子どもの淋しげなまなざし、ボールのように膨《ふく》らんだりしぼんだりする自分の心。

子どもが幼い頃はなにもかもがいっぱいいっぱいで、見えなくなりがちだけれども、手探りの力ずく、失敗の日々の中で、少しずついろんな謎が解けてゆく。

一生終わらないんじゃないかと思う子育ての日々は、けっこう早く、するりとその手からすり抜けてしまう。

だから、あまりがんばりすぎず、正しいお母さんを目指しすぎないでいい。

本書は長女三歳、長男七歳から毎週連載した『小さな家の生活日記』（アサヒコム）、現在もタイトルを替えて連載中の『つまづきデイズ』（北欧、暮らしの道具店）

の作品を中心に、一七年間の育児エッセイをまとめたものである。あえて、年齢順に構成したのは、読者のみなさんが自身の家族に照らし合わせ、仮に今、先が見えなくて途方に暮れていたとしても、新しい日を楽しみにできるよう、親という名の列車の乗車歴がいくらか長い私が、願いを託したためである。

本書が、そのままで大丈夫だよと背中を押す、手の平の代わりのような存在になれば嬉しい。

大平一枝

新米母は各駅停車でだんだん本物の母になっていく

目次

はじめに

1 育っていく子ども、過ぎてゆく人生　〜新米母編

2 育っていく子ども、過ぎてゆく人生　〜小学生母編

6 家の中のちょっぴり面倒なこと

7 父、母。家族は巡る

8 つまずきデイズ

9 卒母への足音

おわりに

作品に登場する地名、人名、固有名詞、事実関係は
すべて執筆当時のものです。

1

育っていく子ども、過ぎてゆく人生

～新米母編

どうしてこんなときに
風邪をひくんだろう。
どうして外出する間際に
ぐずるんだろう。
それは、心のささくれに
絆創膏を貼って欲しいから。
ひとかけらの時間を、
独占したいだけからなの
かもしれない。

果実通り

長男7歳
長女3歳

夫が出張中なので、久しぶりに娘を保育園に送っていった。朝八時半。繁華街はまだ眠っているように静かだ。駅へいそぐ人たちの後ろ姿を眺めながら、娘と路地を曲がった。

「あれ、野いちごかなあ」

娘に指さされて見上げると、赤いすぐりのような小さな実が、木に鈴なりになっていた。

「いちごは地べたに生えるんだよ」

じゃあなんだろう、と二人して立ち止まる。うーん、うーん。わからないからまた今度調べてみよう。名残《なごり》惜しそうな娘の背中を押して、先に進む。

「今度はぶどうだ！」

「枇杷《びわ》もあるよ」

「あっちの青い小さな実は、柿でございます」

「さるかに合戦の柿だよね。冬にオレンジ色になるんだよね」

「ちがうよ、秋になるんだよ」

私鉄が交差し、劇場やカフェや洋服屋がごった返す東京・下北沢の駅から数分の路地裏とは思えない光景が広がる。保育園に迎えにいった帰りにいつも通る道なのに、枇杷以外は何も気づかなかった。狐につままれたような気分だ。

家に帰ると、友達から電話があった。彼女も母親で、先週まで同じ締め切りを抱え、互いに励まし合っていた仕事仲間でもある。保育園への道中にみた木の実のことを話すと、彼女は笑い出した。

「同じ！　同じ！　私も今朝、同じ体験をしたばかり」

ああそうかと合点がいった。

自分に空を見上げる余裕がなかった。だから気づかなかったのだ。とくに迎えは、いつもぎりぎりまで仕事をして、走って保育園に駆け込み、帰りの頭の中は、夕ご飯の献立のことでいっぱいである。頭上の木の実などには目もくれず素通りしていたというわけだ。

もし私が、自然の豊かなところに住んだとしても、きっと猫に小判だ。たった五分の通園路の草花にも気づかないのだから。逆に、ちょっとした心の余裕があれば、このコンクリートに覆《おお》われた街でも、自然を楽しむことができるのだろう。

三度の飯《めし》より寝るのが好きな夫が、早起きをして朝の保育園の送迎だけはかってでる理由がこれでわかった。

往復一〇分。秘密の果実通りは今が見頃である。

バースデーサプライズ

長男8歳
長女4歳

娘が四歳になった。

こんなこまっしゃくれた人間が、まだこの世に生を受けて四年ぽっきりかと思うと驚いてしまう。

さて、その日は日曜で、思いがけないところでバースデープレゼントをいただくことになった。

一軒目はオープンしたばかりの骨董店にて。

「右左《うざ》」という名前のその店を訪れたのは、まだ二回目であった。

「いくつ？」

オーナーの奥さんがなんとはなしに娘に尋ねる。

「今日、四歳になったの」

「あらまあ。それはおめでとう！」

ご夫婦でなにやら奥でごそごそされていると思ったら、かかえきれないほどの白い薔薇の花束を娘にさしだした。

「いただきもので店に飾っていたものなの。もうすぐ散ってしまうから気にしないでもらってくださいな。今日、お嬢ちゃんの誕生日いっぱいはもつと思うから」

大きな花束は、子どもごころにもうれしいのだろう。娘は最後まで車にちゃんと積まれるかどうか、首を伸ばして目で確認していた。トーコのだからね、トーコのだからねと繰り返しながら。

夜。

お酢をきらしていたのを思いだし、小学校二年の長男に近所の酒屋までおつかいをたのんだ。

帰ってくると、彼は「はい、トーコ」とリボンのかかったものを照れくさそうにさしだす。

「酒屋さんで、今日妹の誕生日だから何かあげたいんだけど、何がいいかなって聞いたの。そしたら、これあげてってくれたの」

見ると、チューインガムに赤いちょうちょリボンがシールで貼られてある。お金はいらないよ、と手渡されたらしい。息子は自分の小遣いをいくらか持っていったようだが、酒屋の奥さんはお金を受け取らなかったとのこと。

「お酒売る店でトーコの誕生日プレゼント探しても、あかんやんか」

夫はそう笑いながら、息子の頭をいつまでもなでていた。

花束とチューインガム。

予期せぬプレゼントは、娘だけでなく我が家全員の心をほんわかと温めてくれた。

東京という街も悪くないと思うのはこんな瞬間である。

ささやかな恒例行事

長男8歳
長女4歳

何も予定のない日曜日の午後。

ゆっくり新聞や雑誌を読みたいなと思うときに限って、子ども二人が騒ぎ出す。

曰く「ボウリングに行こう」

曰く「キャッチボールしに行こう」

くたくたで体が思うように動かないこんな休日、私か夫は決まって言う。

「ぜんばに行っといで」

ぜんばとは、我が家にほど近い駄菓子屋さんである。

今日もそうだった。

息子と娘に、消費税を入れて二一〇円ずつ渡した。

歓声があがり、二人は喜び勇んで、家を飛び出す。

三〇分後、口にきな粉飴《あめ》の糸をたらしながら帰宅。床に戦利品を並べて、私に自慢する。ついこの間までは、二一〇円渡しても、一五〇円のお菓子を買って、残りのお金をうまく使えなかったり、五円足りないと言って、家に泣いて戻ってきたりした。

が、その日は、ぴったり二一〇円使い切り、上手に何日分ものおやつをゲットしていた。

「買い物、うまくなったね」とほめると、得意満面で教えてくれた。

「三〇円のものを三個買うごとに、一〇円、別のポケットに入れることにしたの。消費税って、それくらいでしょ」

「一度に全部食べないでね」

「わかってるって」

兄妹で、あれこれ相談しながら、日にちごとに小袋におやつを分けている。アタリつきの一〇円のガムや飴がいくつかある。不思議にこのお店のアタリ率は高く、この日も、娘がガムで「五〇円アタリ」、息子は「一〇円アタリ」が出た。さあ今度はお金は持たず、大事にアタリと印刷された包み紙を持って、お店へ。

そんなこんなで、午後がゆっくりと過ぎていく。

「ぜんばのおばちゃんとこ、赤ちゃんが生まれたんだって」

と、新しい情報を持ってきたり、通りすがりに「行ってらっしゃい」と声をかけてもらったりする。この間、子どもと行ったときは、近所の小児科情報についてすっかり話し込んでしまった。初孫とのことで、ぜんばのおばさんはとても嬉しそうだった。

また、あるときは「これ、どう？」と、とつぜん饅頭《まんじゅう》を差し出された。

「こんな商売やってるとね、お昼を食べる時間がないのよ」

「え？　いつもどうしてるんですか」

「しょうがないから、ちょこちょこっと、接客の合い間にお菓子をつまむだけ。これ、案外おいしいからさ、つまんでよ」

一口サイズの饅頭をご相伴《しょうばん》にあずかりながら、赤ちゃんの予防接種の時期について、娘さんよりちょっとだけ母親業が先輩の私は偉そうに解説したりした。

大手スーパーやコンビニは味気ない、昔ながらの小さな店を守ろうと人はいう。うん、そりゃそうなんだけど、と私は思う。唱えるだけじゃなくて、実際こういう小さな店で、買い物しなくちゃわからない楽しさを、もっと伝えなくちゃ。理屈や正論だけで、そう簡単に人は習慣を変えたりしないのではなかろうか。

本当に、たかだか三〇円のお菓子を買うだけでも、街のいろんな情報が聞けて楽しいんだから！

子どもも、一円や一〇円の重みを知るし、「こんにちは」「ありがとう」「これ、いくらですか」と、挨拶や口の利き方を覚えていく。あれこれ、商品を指でつついていると「それ、やらないで。ゼリーがつぶれちゃうから」とおばちゃんの容赦ない注意の声がとぶ。小さな店の通路で、他のお客さんと譲り合いながら、買い物をするときのマナーを学んでゆく。消費税の計算法だって、ちゃんと、算数が弱いなりに、自分なりのメソッドを編み出してゆく。

今週、子ども達は、二一〇円をいくつかの袋に小分けして、毎日一袋ずつ、おやつとして大事そうに食べている。そういう姿を見ながら、私も子どものころを思いだし、懐かしんでいる。今も昔も、あいかわらず下は真っ黄色や真っピンクになったりするのだけれど。

家具とのお別れの日に

長男8歳
長女4歳

きのう、八年間付き合った家具とお別れした。区内のリサイクル業者に買取に来てもらうと、長男誕生の際に買った木製引き出し箪笥《だんす》が、エレクターシェルフと合わせて二〇〇〇円だった。

「どうも〜」と、業者さんはトラックに積み、一〇分もしないうちに、あとかたもなく消えてしまった。

すこんと抜けた家具のあとの空間を、ぼーっと見つめる。

息子と娘の赤ちゃん時代、よだれかけと、口ふき用のハンドタオルをしまうのに、よく活躍してくれたなあ。おしめや、小さなパジャマや、こまごまとした靴下などを収納するのに、横四五センチの小さな引き出しが九段付いた箪笥は、便利だったんだよなあ。というような、感傷的なことをいまさら思い出す。

長男の学習机を購入したので、もう置き場所がない。だから、しかたない。しかたないけれど……。

夫も同じことを思っていたようで、わざとその箪笥跡に物を積んで、雑然とさせていた。

我が家の新婚生活の想い出が、ランチ二人分の値段で消えていった。

いや、旅立ったのだ。どこかの家庭でまた活躍するのだろうから、これは旅立ちである。

これから家具を処分しようという人は、僭越《せんえつ》ながらひとつだけアドバイスさせてほしい。

その家具の写真を撮影しておくといい。家具には、想い出がつまっている。主役ではないけれど、家族の日常にいつも寄り添うように、働いてきてくれた大事な脇役だ。形に残しておくと、お別れの日に寂しさが少し軽くなる。

たかだか八年でもこの寂寥感。次に買われる家で、また新たな想い出を刻んでくれることを祈るのみである。

梅雨、好きになりました

長男10歳
長女6歳

茗荷《みょうが》やわさび、からすみのように、大人になったらいつの間にか好きになっていたという食材がある。

季節もそうだ。

子どもの頃、じめっとした梅雨は、外で遊べないから大嫌いだった。六月が近づくと、憂鬱な気分になったものだ。

だが今は、梅の雨と書くこの時期が大好きである。それは、おいしい梅ジュースを仕込む、大事な季節だからだ。

六月の声を聞くと私は、なんとなくそわそわしはじめる。青梅の出回る時期なので、生協の注文欄を見落とすまいと、肩に力が入る。

いまかいまかと待ちわび、カタログをくまなくチェックし、「青梅一キロ九八〇円」という文字と写真を見つけると、よしっと今にも腕まくりをしたい気分に。

「毎度」

翌週、生協のお兄さんが玄関に青梅の袋二キロをどんと置いたら、さあ梅ジュース作りの始まりである。

「今年は、去年よりたくさん作って」

と、欲張りな長男が念を押す。その傍《かたわ》らで、梅を洗い、ヘタをとり、ふきとったらビニール袋に入れて冷凍室へ。

二四時間冷やしたら、あとは氷砂糖二キロと梅を交互にガラス瓶に入れ、最後に酢五〇〇ccを注ぐ。

飲み頃になった三週間後、実を取りのぞいて完成。

こんなに簡単なのに、どんな買ったジュースよりおいしくできあがる。おまけに、梅と酢の力で、夏バテも解消。毎日学童クラブに通い、炎天下の中、校庭で遊んでくる子ども達の夏休みは、水筒に持たせてこれで乗り切っている。

梅雨に入る頃、梅を仕込んで、梅雨が上がる頃できあがる。そして、夏が終わる頃、飲み終える。

瓶の中身が残り少なくなってくると、子ども達はちょっと淋しい表情になる。ジュースの容量は約一ヵ月半。残量が、夏休みの残りの日数と重なるのを知っているからだ。

あいかわらず雨は苦手だけれど、梅雨は一年間の暮らしのリズムを刻む大事な節目になっている。

今年も仕込み終えたので、あとはできあがりを待つばかりだ。

真夜中の絆創膏《ばんそうこう》

長男10歳
長女6歳

そんなこと恥ずかしいから書かないでよ、と息子に叱られそうだが、いまだに家族四人、ひとつの部屋で寝ている。しかも、二一時や二二時に、子どもと一緒に就寝する。

家中真っ暗にして、いったん寝て、子どもの就寝を確認した後、私だけもそもそと起きだし、テレビを見たりパソコンに向かう。そういう生活が一〇年ほど続いている。

アメリカ人を夫に持つ同い年の友人は、「子どもと親が同じ部屋で寝るなんて、絶対おかしいよ。信じられない」と真剣に驚いていた。たぶん、彼女の方が正しい。もういいかげん寝室は別にしないといと思いながら、ずるずるとやりすごしている。

仕事がたて込むと、二一時に一緒に熟睡して、朝三時や四時に起きて原稿を書く。早朝は電話が鳴らず、集中でき、夜、子どもを寝かせるときも焦って叱りつけたりしなくてすむ。絵本を読んだり、布団のなかでおしゃべりを楽しみ、ゆったりした気分で入眠できる。

就寝時、たいてい夫は仕事でいないので、娘と息子が私を挟む形で、三枚布団を並べる。その日の絵本を選ぶのは娘の係。

「ママと寝てるなんてダサイよな」とか「そんな絵本読み飽きた」とか言いながら、息子はしっかり私の横に枕を持ってくる。本を読み終わると、「今日学校でね」とか「保育園の○○ちゃんが」というなんてことのない話が脈絡なく続く。そして、息子の寝息、娘の寝息が順に聞こえ、夜の静寂がおとずれる。

本当は、あのドラマも見たいし、メールもチェックしたい。夕食の片づけも残っているし、洗濯物も干しておきたい。子どもと一緒に床《とこ》につくのはめんどくさいなぁと思いながら、この生活リズムを崩せないでいる。一五年前のあのときと同じだなあ、と思いながら。


一五年前。私は児童養護施設に勤めていた。三歳から十五歳までの保護者の養育に欠ける子どもたちの保育士をしていた。一〇人ほどを二人の職員で担当していて、朝から晩まで忙しい。身の回りの世話をしながら、宿題も見る。昼間は幼児の保母に。夜は小中学生の母役もやれば、相談相手にもなる。ついこの間まで学生だった身で、いきなり一〇人の母親もどきを担《にな》うのだから無謀としか言いようがないが、若さだけで乗り切っていたように思う。

たしか二一時が就寝だった。遅番勤務を終え、家に帰ろうとするころにかぎって、寝付けない子が「先生、バンドエイド貼って」と言う。うっすら、目を凝らさなければわからないような傷をさも痛そうに見せながら医務室に連れて行くのは面倒だし、早く寝て欲しい一心で、最初は「こんな傷で絆創膏なんて必要ないよ」と諭《さと》していた。しかし、そう言ってくる子が週に何人か、必ずいる。ため息をついている横で、あるとき先輩の指導員がそっと教えてくれた。

「傷が痛いんじゃなくて、甘えたいだけなのよ」

医務室で一対一で向き合って、保育士を独占できる数分が欲しいだけ。

なんだ、そうだったのかと思ったら、おもしろくなった。案外タフに見える子が「せんせ〜、バンドエイド〜」と、のっそり起きあがってきたりする。今日は君か。おーし、まかせなさい。絆創膏の一枚や二枚で、満足して眠りにつけるのならお安いご用。

「おお、痛かったね。これでどう？」

わざとゆっくりバンドエイドを貼ってあげるときの、子どもの嬉しそうな顔。そうしていると、「今日学校でね」と、とりとめもない話が始まったりする。そのとりとめのない話のなかに、彼や彼女の今がリアルに詰まっていることに気付いた。

つまり、二ミリくらいしかない傷は、保育士を医務室で独占できるバックステージパスのようなもの。そして、真夜中の絆創膏は、淋しさのバロメーターだった。

今、母親になって、寝室を別にできない自分をもどかしく感じつつも、布団のなかでとりとめのない話をする何分かを愛しく思う。ああ、これはあのときと同じ、真夜中の絆創膏。かけがえのない時間がここにある、と。

2

育っていく子ども、過ぎてゆく人生

～小学生母編

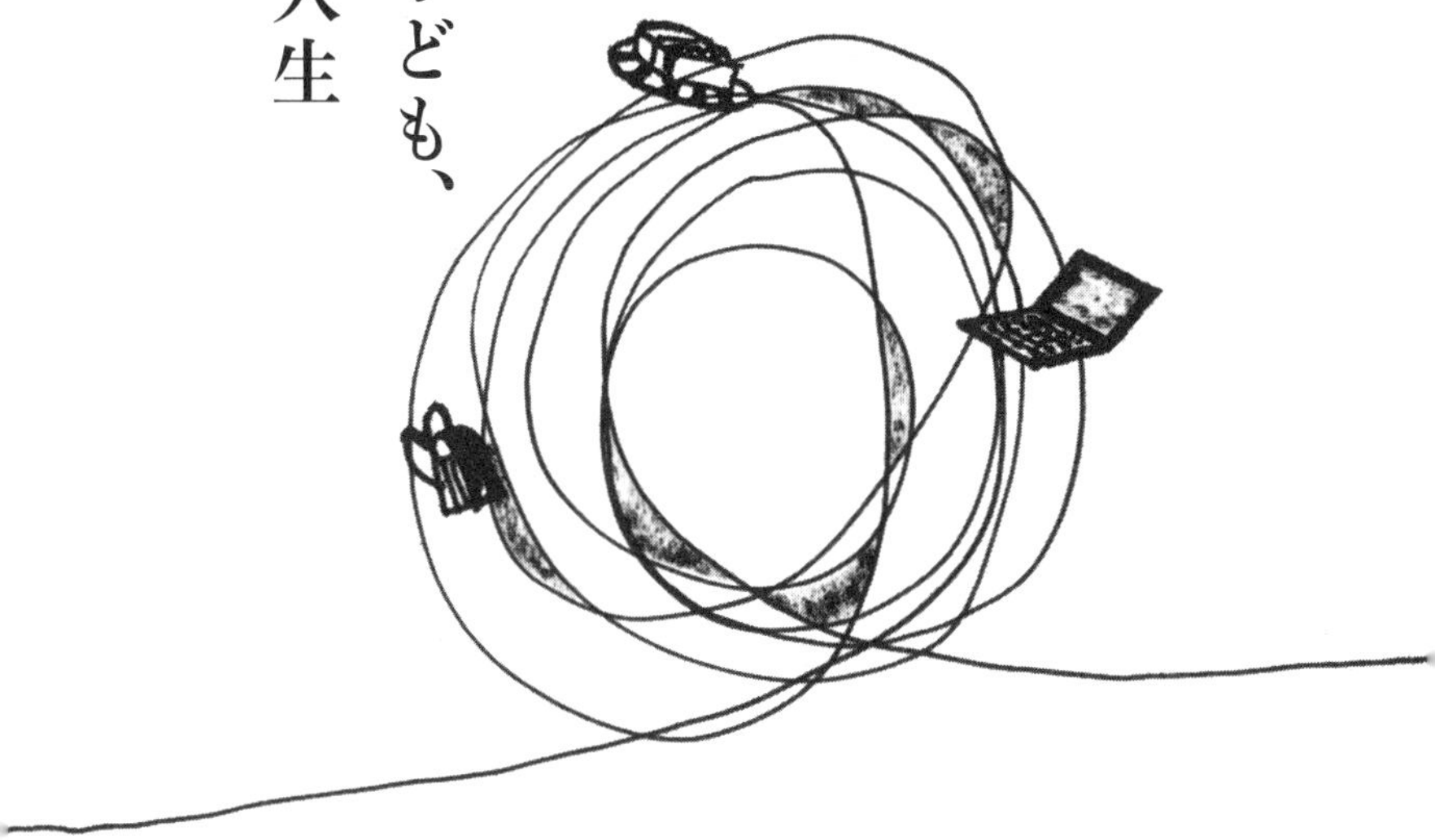

正解もないし、
虎の巻もない。
確実な裏技も、
安全な近道も存在しない。
がんばっても、
階段を踏み外して
転ぶことがあるし
手抜きをしても、
案外しっかり育ったりする。

朝の時間割

長男10歳
長女6歳

この春、下の娘が小学校に入学してから、ずいぶんと朝の過ごし方が変わった。起床は家族全員七時。以前は、保育園の登園時刻に合わせて娘だけ八時だった。そのため長男を小学校へ送りだしたあと娘を起こし、朝食は二段階にならざるをえなかった。今は家族全員で、食卓を囲む。

現在は、子ども二人は八時きっかりに登校。ともにフリーランス稼業の夫と私の仕事開始時刻は、九時半頃である。先月まで、この八時〜九時半の時間帯は、保育園の送迎だの、朝食の片づけだの、仕事の準備だの、もっとも忙しくせわしない時間だった。

ところが、四月からいきなり、八時台が手持ちぶさたになった。朝食もコーヒーも終わっている。だからといって仕事を前倒しするのは味気ないので、とりあえず散歩でもしてみようということになり、ウォーキングを始めた。軽い気持ちで始めたが、いまのところ三ヵ月続いている。

私鉄で二〜三駅分くらい歩いて、家に帰ってもまだ九時だったりするので、お約束のように「まだこんな時間だよ」と言いあっては、ちょっと得した気分になっている。ついこの間までは、一番あわただしかった時間帯だからこそのお得感である。

ときどき、ペダルを力一杯ふみながら、子どもを自転車の後ろに乗せて保育園に急ぐママ友達とすれ違う。「おはよー」と挨拶を交わしながら、急ぐ背中に向かって「小学生になったら、少し楽になれるよー」と心の中で話しかける。

あのときは、毎日が必死だったけれど、子どもなんて、気がつけばあっというまに、自分の手を離れ、自分の時間割で行動するようになってしまう。自転車の荷台にお尻がおさまるようなその小さい人と、行動を共にできるのはほんの一瞬。だからどうぞ楽しんでと、今なら言える。

さて、散歩から帰ってもまだ時間があるので、洗濯物を干し、朝食の皿を洗う。越して間もない今の家には、食器洗い機がない。一枚一枚手で洗う間、たっぷりのお湯を火にかけて沸かす。仕事中のお茶の用意だ。パソコンに向かいながら、最低でも五杯はお茶やコーヒーを飲むので、これは仕事前の必須作業である。

沸騰するのに、八分。皿を洗い終わってもまだ二〜三分あるので、庭から花を切ってちょこっと空き瓶に挿したり、玄関にお香を焚《た》いたりする。

三ヵ月前までは、私の人生になかった確かな「間《ま》」がそこにはある。

お茶をポットに移し替え、仕事場のある二階へ上がるのが九時半。

さあ、仕事開始。雨に濡れる葉を、窓から見つめながら、今、この原稿を書いている。街を歩き、お湯が沸くのを待つ間があるのとないのとでは、朝の気分がまるで違う。

三ヵ月前より私は、ほんの少し呼吸が深くなったような気がしている。

土日はだれのもの

長男12歳
長女８歳

夫は土日になると、二回に一回の割合で、言う台詞《せりふ》がある。

「休みは休みなんだよう。じーっとして、休むための日なんだよう」

これと同じ台詞を、アニメ番組の『ちびまる子ちゃん』のお父さんが言っていて、いたく気に入ったらしい。以来、常套句になっている。

子どもに「どっか連れてって」と言われても、ぐたっと寝転がったまま、わざとこの台詞を吐く。だからといって、子ども達は納得するわけではなく、結局プールだの、キャッチボールにつき合わされるのだが、一度は言わないと気が済まないらしい。

そうだよな、休みは体を休める日だよな、と私も心の中で頷く。子どもが生まれてから、土日に出歩くことが圧倒的に増えた。日ごろ、共働きで忙しくしているだけに、土日くらいは子どもの相手をしようという気持ちが強くはたらくためだ。

公園やなにげない散歩ひとつも、あんがい楽しくて、子ども以上に自分も癒されているのだが、ときどき、「どこかへ行かなくちゃ」という強迫観念みたいなものが心にはりついていて、はっとさせられることがある。

だいたいそう思うときは、友達の家族がディズニーランドに行っただの、親子ミュージカルを観劇しただの、聞いた直後である。

あらかじめ用意されたレジャー空間に身を委《ゆだ》ねることも、たまにはいい。ただ、続くと、子どもにはそれが「ふつう」になってしまうのが怖い。

つい最近、こんな親子の話をセラピストのかたから聞いた。毎週、テーマパークやレジャー施設で遊んでいる家族が、海のそばの知人宅に遊びに行って、目の前に海があるのに「水族館はない？」と聞いたというのだ。招いた知人は、「浜辺で貝も拾えるし、今日の潮のかんじだと、もっとおもしろい生き物やなんかが打ち上げられていると思うよ。だから浜辺で遊ばない？」と誘ったが、けっきょく、車を飛ばして水族館に行ってしまったのだとか。

なんとも象徴的な話である。

その家族が浜辺に行ったところで、もしかしたら存分に楽しくは遊べないかもしれない。なにもないところで、何かを何かに見たてて遊ぶ楽しさや術を、その親子は知らないにちがいないからだ。

その親子の土日は、きっと子ども中心に仕切られているんだろう。

自分の子ども時代を振り返ると、土日は、自分のものではなかった。一週間の買い出しや親戚付き合いなど、あくまで、親の用事に合わせて過ごしていた。遊ぶにしても、近所の子らと砂場や路地で遊ぶだけで、入場料を払ってはいる施設など、ほとんど皆無だった。それがふつうだったから、何も不満はなかった。

いろいろあの手この手が用意されているこういう時代だからこそ、親がぶれないでいたい。

土日はだれのもの、と問われれば、平日身を粉《こ》にして働いている親のもの、と私は答えたい。

テレビなし生活

長男12歳
長女8歳

リビングの壊れたテレビを新調せぬまま二週間が過ぎた。子どもたちは、食事後、寝室に行くようになった。そこには一四インチの小さなテレビがある。めぼしい番組がないと漫画を読んだりしているようだ。私はというと、リビングに一人ぽつんとしているのは淋しいなと思いながら、皿を洗ったり新聞を読んだり。

すると、娘が「ママー、いっしょにテレビ見ようよ、おもしろいよお」と呼びに来る。しかし、何もせずに興味のない番組にはりついているのは思いのほかしんどい。「台所片づけてくるから」「洗濯物たたんでくるわ」などと、ごまかしては寝室を離れた。

リビングにテレビがあった頃を思い返すと、別にテレビの前にはりついていたわけではなく、子どもがそれを見ている傍《かたわ》らで、私は立ったり座ったり家事をこなしていた。つまり「ながらテレビ」だ。我が家はリビングに面したオープンキッチンなので、台所仕事をしながらでも、テレビが視界に入る。皿を洗いながら番組をチェックしたことはないが、「ママの好きなお笑い芸人、出てるよ」「これどういう意味？」などと言われると、手を止めて「どれどれ」と画面に見入ったりした。

家族全員がテレビのあるリビングに一番長くいたのは事実で、乱暴に言うならテレビを介して会話をしていたのかもしれない。これは、テレビがないと会話ができないということでもあるので、いばれた話ではない。

いっぽう、私は別の実感もある。

なにかひとつの番組を見て、子どもと一緒に泣いたり（たとえば子だくさん母さんドキュメントのようなもの）、笑ったり（お笑い番組）、応援したり（対戦もの）、会話する時間はあたたかいものだなあ、という実感だ。子どもも、すごく番組を見たいわけではなくて、「テレビを囲みつつ、親と一緒にくつろぐ時間」が欲しかったのではないだろうか。今、夕食後、家族がバラバラに過ごすことが増えたので、なおのことそう感じられる。

だからといって、家族のつなぎ止め役がテレビでなくてもいいとは思う。ただ、夕食後から就寝までの一〜二時間、この映像の流れる箱が団らんの手助けをする日が、週に何回かあっても悪くない。

あいかわらず、私は子どものいない静かなリビングで時間をもてあまし、夫は

「野球の結果だけはテレビで見たい」と嘆いている。朝、テレビがないのはどうにか慣れてきた。

さてこの先どうすべきか。リビングにテレビのない生活をもうしばらく続けながら、家族の団らんとテレビの関係の〝本当のところ〟を探ってみようか。

パンの耳とチャーハン

長男12歳
長女8歳

小六の息子は、サンドイッチを作るとき、食パンの耳をいやがる。小二の娘は、耳が大好きで、切り落とさないでくれと要望する。たぶん、長男の時は初めての育児で先回りをして、やりすぎていたからだと思う。耳は硬くて食べづらかろうと切り落とすのがあたりまえだったからだ。

ところが二人目は、なんだかんだと忙しくてそれどころではなく、一度、ええいままよと切り落とさずにサンドイッチを作ったら、それがサンドイッチの標準形として彼女に刷り込まれた。以来、なんの疑問ももたず、おいしいおいしいと耳ごと食べている。

こちらがやりすぎたために、長男は食の愉しみのひとつを逃してしまった。サンドイッチを作るたび、悪いことをしたなあと、心がちょっぴり痛む。

さて、先日、すばらしく料理が上手な小一の男の子を取材した。チャーハンを作ってくれたのだが、フライパンが熱くなるのを手のひらをかざして確かめ、絶妙なタイミングで具材を投入していく。溶き卵は、流し入れた後しばらく箸を動かさず、じっと待っている。「早く混ぜないの？」と聞くと、「よく行くラーメン屋さんのチャーハンは、卵のかたまりが大きくておいしい。ちょっと固まりかけたときに混ぜた方がいいんだよ」と、玄人《くろうと》はだしの答えが返ってきた。

彼のお母さんに「いつも教えているんですか」とたずねると、「いいえ。全然。息子が作っているときは、私はキッチンにさえ入れてもらえないのです」と笑った。

ガスの着火や消火だけは確認するが、あとはまったく関与しないらしい。包丁、油のハネ、火加減。台所には危険がいっぱいだが、彼女にとって、それらは危険の道具ではなく、暮らしの道具であるという意識がある。私にも経験があるからわかるが、台所仕事は、じつは子どもに任せることの方が、うんと手間がかかるし、難しい。親が手伝った方が早いし、汚れないし、おいしくできる。

だが、そこを我慢して、「待つ」といういちばん難しいことを彼女はいつもしていて、そのおかげで、とびきり料理のうまい子に育った。その横顔は得意気で、「今日のも、おいしいねえ！」という母親の一言を聞いたときの、彼のうれしそうな顔ったらないのだ。

子育てにやりすぎは禁物。

じっと待つ、まかせる、ゆだねる。そして耳を食べたら、おいしいチャーハンができたら、おもいきりほめる。台所は、育児の偉大な学びの場でもある。

家族全員が揃わない夕食のリアル

長男12歳
長女8歳

食育について、栄養学者に取材する機会があった。

多くの親は、家族全員で食卓を囲むことを食育と考えているが、それが正しいとは限らないと語っていた。なるほどと深く共感した。日本のサラリーマンの多くが、家族の夕食の時間までに帰宅できない現実のなかで、全員揃えというのがしょせんむりな話だ。むしろ、食卓に揃えない家族との時間をどうつむぐかこそが食育であるという結論になった。

「お父さん、今日も遅いね」

「このお魚、多めに残しておこうか」

「お父さん、これ好きだよね」

いない家族を思う気持ちがあれば、人数こそ欠けても、心の通じるあたたかくて豊かな食卓になる。

逆に家族全員揃っていても、テレビにばかり目が向いていて、会話がないとか、たとえ会話があっても学校や勉強の話ばかりでは、そこに流れる時間が豊かとは言えない。

我が家はそこまで深く考えてはいなかったが、最近、ダイニングルームからテレビを排除した。テレビのない部屋で丸いちゃぶ台を囲めば、なんとはなしに会話は広がっていくものだ。ホームドラマのように始終笑顔がたえないような素敵な雰囲気ではまったくないが、せっかく食事を楽しむことに集中できる環境にしたのだからと、悪口や愚痴やネガティブな話題はできるだけよすことにした。

しかし、生きていればそんなことを言いたい日もある。だから、子どもが寝てから夫婦でよく話すようになった。

ちゃぶ台の前にどんとテレビがあった頃は、もっと適当だった。ここまで食を楽しむことに集中していなかったように思う。

最近は、長男が通塾のため夕食に揃わなくなり、夫はもともと仕事で遅いので、娘と二人の食事が増えた。二人だと食事もアバウトで適当な感じになる。淋しいので、テレビのある部屋に小さなちゃぶ台を持ち込んで、ご飯を食べる日が多くなった。すると、ますます淋しくなり、食事を「楽しむ」というより、さっさと食事を「済ませる」という意識に変わりつつある自分を発見。

たとえ二人でも、やっぱりご飯を楽しむことに集中しなくてはと、取材をしながら改めて思い直した。

いない家族をちょっと思いながら、食事を楽しめばいい。料理がいけてない日は、素材や調味料を。それも自信がなかったら、器を自画自賛すればいい。さもなくば、最後にお茶だけでもていねいに、娘にいれてあげればいいのだ。

栄養バランスやマナーも大事だけれど、まずは「ご飯は楽しい」とみんなが思えること。そういう食卓にしていこう。

土曜の朝、緑道の風景

長男13歳
長女9歳

土曜日の朝。いつものパン屋さんに自転車を走らせた。古い小さな店だが、ここの揚げるカレーパンは絶品だ。肉や野菜がゴロゴロ入っている。サクッ、カリッとした食感がたまらない。そしてトレイにあるそれをトングで挟むと、ご主人や奥さんが二回に一回は「ちょっと待って。揚げたてと交換してあげる」と、揚がったばかりの熱々のを厨房から持ってくるのである。

息子は朝から、大きなカレーパンを最低二つは平らげる。じつはカレーパンで有名な行列のできる店が近所にあるのだが、我が家は歩いて二〇分、自転車で数分の夫婦で営む小さなその店のほうがずっと旨いと確信している。

いや、今回はそのパン屋さんがいかに旨いかという話ではなかった。

そこへ行く途中に緑道を横切るのだが、休日の朝はベビーカーを押した若い夫婦をよく見かける。あるいは、よちよち歩きのぼうやと若いパパとママ。立ち止まっては歩き、歩いては立ち止まる。小川のせせらぎをのぞき込んでは、魚を数え、虫を追う。そんな、のんびり時が止まったようなその光景を見るのはいいものだ、という話である。

私は三〇歳で母になった。それまで編集プロダクションに勤めていたのだが、出産を機にフリーライターとして独立。仕事をもらえるのが嬉しくてなんでもかんでも引き受けて、子どもを保育園に預けて飛び回っていた（そういう仕事のしかたがよくないと気づくのはもっとあとのことだ）。夫も同じようなもので、映画業界の駆け出しのスタッフとして、寝る間もないほど働いていた。

しかし、そんな新米父母でも、土日になると、とたんに平日のドタバタが信じられないほど、なにもかもがのんびりになる。ベビーカーをゆっくりごろごろ押しながら、蝶々に目を留めたり、途中のベンチで休んだり。

赤ちゃんの生きるスピードに合わせたら、いやがおうにも、すべてがのろのろペースになる。離乳食もひとさじひとさじ。あ、れんこんはもっと擂《す》り下ろさないと飲み込めないんだねなどとひとりごちながら、スプーンが運ばれる小さな口元を見守る。

平日は、前日の昼にどこで何を食べたかにわかには思い出せないほど、あわただしい時間を過ごしているのが嘘のように、土日は私たちの周りだけ、時間がぜんまいじかけになる。

空気が冷たくなりかける夕方には、もう家族の「夜」が始まる。一日の終わりというには早すぎるが、家に小さい人がいると、夕方五時六時はもう夜の始まりである。

そうやって親時間と仕事時間と、ふたつの宇宙を行き来しながら、数年があっという間に過ぎた。

社会の中ではひよっこで、目上の人たちのもとであくせくあわただしい日々を送る若い時分に、子ども目線の、すべてがスローモーションのような時間を週末だけでも体験できることはありがたいし、人生ってよくできているなあと思う。

忙しくて周りが見えないようなときこそ、一呼吸おいて暮らすことの大切さを、育児を通して神様が教えてくれているのかもしれない。

ベビーカーを押して歩く若い夫婦と赤ちゃんの三人連れなどを見ると、そんな時間は人生のものさしでいうとほんの一瞬で短いから、今、思う存分堪能しておいてね～と声をかけたくなる。

そして、ふだんは記憶の彼方に忘れ去っていた懐かしい日々を思い出しながら、私は足取り軽くペダルをこぐのだ。大好きなあのパン屋さんへ。

朝家事、夜家事

長男13歳
長女9歳

新婚の頃、テラスハウスに住んでいた。隣に小学二年生の双子がいた。ぐうたらな新婚暮らしに比べ、お隣の朝は早かった。六時には動きだし、「早く食べなさい」という母親の声が。そして七時半の登校で再び静寂になる。ぬくぬくした布団の中で、「こんな早くから気の毒に。大変そうだなあ」と呑気《のんき》に思ったものだ。

あれから一三年。中一と小三の母となった私は、その「お気の毒」な側にいる。だが、やってみると案外、気の毒ではないとわかった。むしろ、家事もせっぱつまらないとやらない私のような人間には、子どもは学校のチャイム、あるいは夏休みの日課表の罫線のように、生活を容赦なく区切ってくれるありがたい存在だ。

そんな日々の中で、家事と育児と仕事を効率よく回していくために、苦しまぎれにいろんな方法を編み出してきた。たとえば家事に営業時間や制限時間を設けた。ただなんとなく洗濯や掃除や料理をしていると二四時間では足りないからだ。

朝は九時に家事終了。夜は二〇時。夕食の仕度は二〇分以内。そう決めると朝、ひじきを戻しておいたり、米を研《と》いだり、大根を下茹でしたりと工夫するようになる。仕事から疲れて帰宅しても二〇分で作れるという自信がささやかな支えになる。

また、朝家事と夜家事の内容も分けている。朝は重い家事、夜は軽い家事をする。朝は元気があるし、うしろに予定が詰まっているから作業が早い。ところが夜はテレビも見たいし、のんびりしたい。急ぐ理由がないので、ついだらだらと後回しにしがちだ。つまり朝に比べて格段に家事に対するテンションや集中力が落ちるのだ。「アイロンがけをせねば」と片隅で思いながら飲むビールはおいしくはあるまい。

ならば、わりきって夜は皿洗いだけ。朝は洗濯と衣類の片づけ、皿洗い、夕食の下準備、アイロン、部屋の掃除。これを子供の登校後、八時からの一時間で終える。制限時間があるから躍起になって、ひとつひとつの家事を面倒と実感する暇がないというのが、最大のメリットかもしれない。

家事は一生続く無償の労働だ。どんなハウツーや便利グッズより、いかにその永遠の労働にストレスを感じなくさせるかを考えるほうが役立つ気がする。

きっとかつての双子のママの毎日にも、彼女なりの知恵と充実感がつまっていたに違いない。気の毒なんて同情の目で見ていた自分がうしろめたくもあり、少し懐かしくもある。

迷惑かけ上手のすすめ

長男14歳
長女10歳

急に、相撲のよい席をいただくことになった。

小躍りして喜んだのはいいが、一九時頃まで子どもたちだけで留守番になってしまう。さてどうしよう。そういうとき頼りになる友達がいる。長男が同い年の、マンションの住人だ。とはいえ、自分の遊びのために迷惑をかけることになるので、おそるおそる、無理なら相撲を断るつもりで聞いてみた。

「あさって、相撲を観にいくんだけど一八時から一九時過ぎまで子どもを預かってくれない？」

彼女は即答した。

「いいよ！　一九時と言わず、ゆっくりしてきて」

いつものように、ご飯まで食べさせてくれるという。ありがたくてほっとしていると、今度は彼女がおそるおそる聞いてきた。

「じつはさ、私もお願いがあって。朝って、いつも何時に起きる？」

私はぴんと来た。彼女に朝早い仕事が入ったのだ。

「早朝の仕事なんだね。じゃあ、夜迎えに行ったときに一緒に連れて帰るよ」

「え！　いいの？」

「もちろん！　うちの子たちが喜ぶよ」

「うちもお泊まりだなんて大喜びだわ。じゃあ、お言葉に甘えるね」

この会話、ほんの二〜三分である。

広告代理店に勤める彼女は、朝六時にラジオ局に入らなければならない仕事が入り、早朝出勤する夫を頼れず、小学生と中学生の子どもの朝食や見送りをどうしようかと困っていたところだったらしい。最初は、当日の朝、我が家に預けにくるつもりだったようだが、前夜から来てしまったほうが子どもも彼女も楽にちがいないので、お泊まりを提案。

はたしてその日は、わいわい修学旅行のように我が家の子と四人一部屋で布団を並べた。中二の男子二人は、遅くまでこそこそ話している。のぞくとクラスの女子の写真を見ていた。五歳から彼らを見ているので、恋や女子の話をしていること自体が、なんだかおかしくて笑いがこみあげる。

働きながら子育てをしていると（私のような不規則な仕事をしている者はとく

に）、人に助けてもらったり世話になる機会が増える。

ところが困っている人や、近所に住む人同士助け合えばいいのだが、現実は、文字に書くほど簡単にはいかない。

一四年間、働く母をやってみて痛感することは、とにかく、今の母親たちは、迷惑をかけることが下手である。なんとか、ひとりでがんばろうとしてしまう。苦しくても、あまり苦しいと言わない。弱音を吐かない。胸の内を他人に話すのも苦手だ。メールでたわいのない話はできるが、本音は漏らさない。

だから私は、たとえば保育園で、ひとりぼっちで困っているようなママを見ると、こちらから最初に迷惑をかける。「悪いけど、この日、うちの子も一緒にピックアップしてくれる?」。すると、次に相手がこちらにものをたのみやすくなる。「うちも、この日シッターが見つからないんで預かってもらっていいですか?」。そうやって、互いに助け、助けられながら過ごしていくうちに、いろんな話をしたり、愚痴をこぼしあったりして、働く母同士の心地よい小さな社会を築くことができる。今つきあっている働く母友達はみんな、そうやって絆を深めてきた人ばかりだ。子どもが大きくなった今は、子育て仲間というより飲み仲間といったほうが正しいが。

人と人とが助け合う世の中を、というようなフレーズを選挙などでよく聞くが、助けあうにも、「困っている」を言わないとどう助けていいかわからない。だが、前述のようにそう簡単に、人はぺらぺら困っていることなどを告白しない。だから、先に迷惑かけ上手になってしまおう！

　ずいぶん乱暴な持論だが、これは間違っていないと、先日四人の寝顔を見ながら思った。楽しい一夜だった。

ホーチミンの元旦

長男14歳
長女10歳

友だちから教えられた定食屋を探し歩いたが見つからない。路地から路地へ。「地元の人が集まる露店のようなお店」はとうとう見つからず、弱り果てていると、一〇〇メートルほど続く屋台のストリートにでくわした。手元のガイドブックにも載っていないような道だったが、夫は「ここで食べよっか」と切り出す。

歩き疲れた子どもたち二人の顔にやっと笑みが戻り、地元民でごった返すそのストリートにわけいった。

二〇〇九年、元旦。私たち一家は、ホーチミンの雑踏の中にいた。気温二八度。ノーストリーブの背中がじっとりと汗でぬれる。メインストリートは赤信号のたび二人乗り三人乗りのバイクで埋め尽くされている。歩道は、突貫工事のため、あちこちがめくれ上がっている。

日本で見たことのないような数のブルドーザーが工業地帯に群れをなし、街角を曲がると必ず工事中のビルがあり、高層の骨組みの間を風が吹き抜ける。静止しているように見えるが、柱の蔭に二〜三人の現場労働者が座り込んでコーラを飲み、ときどき思い出しように腰を上げ、作業を始める。

想像以上に、ホーチミンはカオスという言葉が似合う街であった。玉石混淆《ぎょくせきこんこう》のおもしろさと、経済発展の渦中にある独特のエネルギーのようなものをひしひしと感じる。

年末から大晦日までの一週間、ベトナムの田舎の漁村でのんびり太陽の機嫌にあわせるようにして過ごしていた私たちは、元旦にいきなり、ホーチミンという都会に出てきたらば、そのあまりの混沌ぶりに慣れず、ジュース一本買うのにも緊張した。「損をしないようにしなくちゃ」「だまされないようにしなくちゃ」と、初めて地方から出てきた子どものようにびくびくした。

実際、マッサージ屋で料金を支払ったつもりが「あれはチップだ」と言われ、レジ前で言い合いになったり（結局、二重に支払った）、「ひとりいくら」「みんなでいくら」を曖昧にされて、あやうく余分に払わされそうになったり、金にまつわる小さなトラブルは二度三度あった。だからよけいに緊張して、屋台のストリートでビールや骨付きチキンやフォー一杯を買うのにも、しっかり頭の中で計算機をたたいた。

しかし、安い屋台では金銭のトラブルなどあるはずもなく、すべてがおいしく、すばらしくリーズナブルだ。ある屋台でやっと空いたテーブルに座り、緊張の糸もほどけてビールをおかわりした。バイクのクラクションがあちこちで響くホーチミンの夜空を見上げながら「おいしいねえ」としばしなごむ。

と、私たちのテーブルに「相席をしていいか？」と、ベトナム人の若い家族連れが身振り手振りで聞いてきた。

めがねを掛けた学校の先生ふうのお父さんと、背の低いぽっちゃりしたお母さん、小学生の子ども二人。うちと同じ四人家族だなあと思いながら「どうぞどうぞ」と席を勧めた。まったく英語が通じないので、たまに相手がオーダーした食べ物についてジェスチャーで質問したり、笑いあったりする程度。シャイな親子で、あまり自分から話しかけてくる感じでもない。こちらがビールを頼みすぎたので、「いかがですか？」と勧めたが「お酒を飲めないんですよ」というように手を横に振った。ああ残念と私たちは答え、しばらくすると親子は食事を終え、席を立った。

あちらの二人の子どもが「バイバイ」と手を振った。

「バイバイ」とうちの子どもたちが返した。言葉は通じないけれど、休日に屋台の味を楽しむどこにでもいる家族の日常に少し触れられたような気がして（観光客はほとんどいなかった)、勝手にほっこりいい気分になった。休日に家族で居酒屋に行く。それが何よりの楽しみの、うちと同じだな。ホーチミンで、初めて肩の凝らない友だちにあったような気分になった。

私たちは延々座って白玉やお酒をのんびり楽しんでいると、さっきの子どもが屋台の人混みをぬって、かけよってきた。「ハイ」と差し出された手には、チョコレートアイスがふたつ。

遠くでお父さんとお母さんが優しい笑顔でこちらを見守っている。おかあさんは、「どうぞ」というように右の手の平を差し出した。うちの子らが、嬉しそうにアイスを受け取る。「サンキュー」。照れたように相手の子は首をすくめて、お父さんのところに戻っていった。

ベトナムの旅、最終日の前夜。名前も知らない、ほんの二〇分同席をした若い親子から、あたたかい想い出をもらって、ほかほかの心で帰途についた。あの日本人にアイスを買おうよと、お父さんが言ったのかな。お母さんかな。子どもじゃない?　と家族であれこれ言いながら。

空港までの迎えの車が来るまで、宿泊した小さなホテルのカフェでお茶をした。四人ともそれぞれフレーバーの違う紅茶を頼んだ。やたら時間があるので、ちびちびポットのお茶を飲んで時間をつぶした。すると、まだ残っているのに、ウエイターがポットを下げてしまった。

「え？」と顔を見合わせつつ、しばらくすると、なんとポット四つそれぞれにおかわりが入っているではないか。

ウエイターは笑いながら英語で「よかったらもう一杯いかがですか。ゆっくりどうぞ。これはサービスです」と言った。右手には、山盛りのクッキーのお皿も。昨日の夜と今日の朝、世話になっただけのカフェだ。顔見知りのウエイターさんではあったがもちろん名前も知らない。

あの家族もこのウエイターさんも、旅人である私たちにしてくれたもてなしは、なにかの対価としてのそれではなく、「ベトナムで心地よく過ごして欲しい」という、自然とわき上がった純粋な思いであろう。ベトナムの人の普段着のもてなしの心を印象深く思った。

三時間後。私たちは機上の人となった。

「いい旅だったね」

「うん、いい旅だった」

子どもとベトナムの想い出話はいつまでも続いた。

月夜

長男14歳
長女10歳

下北沢に越してきてから、明らかに外食が増えた。これはよくないことである。散財するし、外食は味が濃くて油も多いし、野菜が少ない。どこの産地のものかもわからないものが多くて安全性も心許《こころもと》ない。おまけに、この町は若者向けの安い居酒屋が多く、チェーン店だらけだ。稀《まれ》に、感じのいいビストロや料理屋もあるが、子どもたちが「そういうこじゃれたところは嫌い！」ときっぱり言い放つ。結局、いつも似たような味の居酒屋になってしまう。

それでも、へとへとに疲れて帰宅した夜は自分に甘くなり、はたまた土日の夕食はつい気が大きくなり、まあとにかく、毎回いろんないいわけを自分にしながら、家族で外食に行く。

先日、いつものように居酒屋に行った後、家族四人で、あのフライは冷凍だっただの、隣のおじさんと若い女性が怪しい関係だっただの、適当なことを言い合いながら帰った。

不意に、中二の息子が「こういうことできるのって、幸せだよねえ」と言った。けして優等生でも何でもなく、ときには「うぜえ」とか「ムカつく」などと言う、サッカーとオシャレとクロマニヨンズが趣味の、ごくごく普通の一四歳である。

年末にベトナムに行って、貧富の差を見たりしたからというのも正しい理由ではない気がする。

月明かりに照らされて、ほろ酔い気分の親と四人肩を並べて歩くこの一瞬が幸せだと、本当に直感的に感じたのではないだろうか。

「そうだよ。みんなが健康でこうして外食もできるのはありがたいことだよね」

説教がましい私の受け答えなど聞いていない息子を見ながら、そういうことがわかる年齢になったのかと、感じ入った。

安いお酒と冷凍のフライをそんなに食べたいと思っているわけではなく、そうか、私はみんなでごはんを食べに行き、ぐだぐだ言いながら帰ってくるこの道すがらに流れている時間が好きだったのだとわかった。

ごくたまにしかなかったけれど、私は幼い頃、家族でお寿司屋さんに行くと決まっている日の夕方や、満腹になって帰る道すがら、いつも通るボウリング場の巨大なピンがやけにまぶしく見えたことを鮮明に覚えている。子ども心に、家族全員で外食に行くことが嬉しかったのだなあ、と懐かしく思う。

私は一八歳で、進学のために家を離れた。息子とこう歩けるのもひょっとしたらあと四年かもしれない。奴は、それを知っているのか知らないのか。私は、不意につぶやいた幸せという言葉の意味を探っている。

家電物語

長男14歳
長女10歳

　ここ一年くらい、欲しい家電がある。パン焼き器である。本当は、天然酵母から育てて、納得のいく粉とバターと砂糖と塩を使って手でこねてみたいが、まだ私の毎日に、第一次発酵、第二次発酵を待つ時間がない。下の子が中学生になったら、そんな時間ができるかもしれない。……いや、子育てがひと段落ついたらついたで仕事を増やすような気もするし、手ごねパンをつくるのは、見当が付かないくらいもっとずっと先かもしれない。

　じつは、数年前に一度購入したことがある。まだ今ほど、普及していない頃のしろ物で、音は大きいし、振動もすごかった。集合住宅に住んでいたので、朝のタイマーを掛けておくと、寝ている間に階下の人に振動が伝わらないか、騒音で迷惑をかけないか心配で、おちおち寝ることもできなかった。当時は子ども二人も小さく、いろいろと音のことでは敏感になっていた。今思えば杞憂《きゆう》だったかもしれない。機械を布団でくるんでタイマーをセットしたり、畳の上に置いて振動を吸収させるようにした。

そこまでしてパンを焼くのもどうかと思うが、さらに想定外だったのは、子どもの食が細く、家族で一斤を食べきれなかったことである。保育園児と小学生で、朝の一枚もおぼつかない。食べないと、かちかちのぱさぱさになり、せつないなあと思いながら、焼き直して私一人が昼も夜も食べたり、パン粉におろしてみたり、冷凍してみたりした。

一ヵ月もしないうちに、だんだんパン焼き器は隅に追いやられるようになった。しかし、使わないのはもったいない。でも、焼けば余る。深夜の音や振動を気にして、肝心の朝に思いきって使えない。

悶々としているころ、中学生と小学生の男の子、保育園の女の子と三人子どもがいる友人を思い出した。働く母で、彼女も毎日忙しい。「長男も次男もいくら米を炊いても足りなくて間に合わない」といつも嘆いている。

そうだ、彼女の家ならボタン一つで焼けるパン焼き器はさぞ重宝されることだろう。聞いてみると、案の定、「パンを毎回買っていたら破産しちゃうくらい。買いに行く時間もないし、一斤買えば一食でぺろりとなくなるから助かるわ」と大喜びだった。本当にもらっちゃっていいのと何度も確認しながら。

無事、パン焼き器は必要な家にお嫁入りし、今も毎日フル回転で大変よく働いているという。なんともあさはかな失敗体験だが、もっとも必要なところにいったのだからこれで良かったと思っている。

そのとき、痛感した。

家電というものは、その家ごとに欲しいとき、必要なタイミングというものがある。便利でおいしそうな情報に影響され、「ならばうちも毎朝焼きたてのパンを！」とのっかってしまったが、一枚も十分に食べきれない小さな子のいる我が家では、まだ時期尚早だったのだ。

だが、今は違う。

サッカーに明け暮れる中学二年の息子は帰宅早々、「腹減った、なにかない？」と台所に訴えに来る。夕食の前にトースト二枚は平気で平らげる。小四の娘も塾に行く前に小腹を満たす必要が出てきた。

生協で一斤買っても一食分にしかならず、翌朝のパンを買いにコンビニに走るようになった。デニッシュパンを買うと、長男は五つも六つも食べるので、高く付く。数年前の友だちの「いくら買っても追いつかない」という言葉が今ならよく理解できるのである。

こうなったら、パン焼き器だ。

必要に迫られて買いに行くと、音も振動もずいぶん改善され、またうどんやらパスタやらいろいろバリエーションが広がっていた。

安くはない買い物だったが、結局毎朝使っているので、すぐに元はとれる。毎朝、家中に小麦の焼ける匂いが漂うのはいいもんだねえと、息子が言う。あつあつの湯気が出ている焼きたての分厚く切った二枚を食べて、彼は学校へ行く。休日は、娘とパン焼き器で生地だけ作って、あんパンやカレーパンを作る。

数年前は無用の長物だったものが、今は一日も手放せない大事なキッチンツールになっている。やっぱり、それぞれの家族に〝必要どき〟というものがあるのだ。

大画面のテレビも、オーディオセットも、ロボット掃除機も。

家電がブームだけに、こんな自分の失敗が誰かのお役に立てたら幸いである。

絵本の時間 〜その一

長男15歳
長女11歳

思い出の絵本について語るという取材を受けた。四歳違いの二人の子に合わせて八年間ほど毎晩読み聞かせをした。お気に入りは何冊もあるので、ナンバーワンを決めてくれといわれて悩んだ。

ところでこの「読み聞かせ」という言葉はどうもしっくりこなくて、「読み語り」くらいが私にはちょうどいい。読んで聞かせるという上目線ではなく、自分も読みながら愉しんでいて、そもそも絵本を読むときは読む方も聞く方も対等だと思うからだ。

インタビュアーに「八年間読み聞かせをされて、お子さんにどんないいことがありましたか」と聞かれた。

聞かれてはっとした。いいことなどなにもないのだ。本好きになったわけでもないし、作文が上手でもない。国語の成績もひどいありさまだ。なんだ、私はあんなに読み語りをしてきたのに、目に見えるようないいことは何もなかったじゃないかと苦笑した。ひと晩三冊×八年間は、単純計算で八七六〇回になる。なのに今、二人の子どもは本より漫画が好きだし、図書館からほとんど本を借りてこない。ちなみに私の生涯の自慢は、高校三年間、借りた冊数が学年で一番だったことだけである。卒業生の誰一人覚えてなかろうが、私には図書館便りに三年間名前が載ったことだけが、自分の金字塔になっている。その自分の子が、図書館から本を借りてこないなんて！　と、いつもがっかりさせられる。たまに借りてきても半分は漫画のような類《たぐい》である。小さい頃に沢山本を読んであげたところで、目に見えるようないいことは何もないと、実証できるなんて情けない……。

しかし、読み語りをしていた頃を振り返ると、私のほうは目に見えないたくさんのものをもらった。一日保育園に預けられていた子たちとやっとほっとできる静かな時間。布団に枕を並べて、一冊の一枚の絵を三人で眺める。

子どもたちの呼吸につられて、自分もゆっくり深い呼吸になる。

そのうち「お話を作って」と子どもが言いだす。正直なところ、ゆっくり脳みそを休めたい夜の時間に、頭を使うのはひどく疲れるので、作話は避けたい。だから、そういうときは、頭を使って考えなくてもいいように、魔法使いのお母さんと、魔法使いの見習いの娘（名前も作ったのに忘れてしまった）の話を定番にした。朝起きて、不器用で少し頭の弱い娘が、パンに辛子とチョコレートとケチャップを塗ってお母さんに怒られる。ただそれだけの話である。カレーに、西瓜と味噌汁を入れるとか、ありえない食品を組み合わせた料理名をこしらえるだけで、子どもたちはキャアキャアと大笑いをする。最後に魔法使いの子は、ベテラン魔法使いお母さんに怒られて「はい、おしまい」。

たったそれだけなのに、子どもにはもれなく毎回ウケるので知恵を使わずにすみ、こちらは楽ちんだった。そんな幼児体験では、国語が得意にならないのはあたりまえだ。

だが、いっしょにゲラゲラ笑ったことや、『ぐりとぐら』のカステラの絵に手を伸ばしてむしゃむしゃ食べるまねをする子どもたちの無邪気な笑顔は、はっきりと覚えている。一日の疲れもその笑顔で吹き飛んだ。

つまり、私自身がかけがえのない時間をもらった。それで十分じゃないかと、過ぎてしまった今だからわかる。

取材が終わり、記者が帰った後、昔読んだ絵本をいくつかちゃぶ台に出しっぱなしにしていた。その後、私は仕事に出て、子どもたちが寝たあと帰宅をした。見ると、積んであった絵本がリビングに散らばっている。翌朝、小六の娘が教えてくれた。

「ママ、『おたまじゃくしの１０１ちゃん』昔よく読んだよね。きのう、見てたら懐かしくなっちゃって、ここにあるの全部読んじゃった。１０１ちゃん、いなくなっちゃってみんなで探すんだよね」

絵本は思い出の共有にもなる。読みながら、娘もあのあたたかな布団の中で笑ったりささやきあった日々を思い出したとしたら、それはとても尊いこと。読み語りは、仕事に子育てに悪戦苦闘しながら矢の如く流れていった日々の、小さな句読点だったのだ。

だから、「若いお母さんには読み語りを勧めます」と、私は記者にいくらか熱っぽく語った。本好きになってほしいとか、子どもにどうにかなってほしいなんて思っちゃいけません、読んでいる自分自身が素敵な時間をもらえますからそれでいいんです、と。

絵本の時間 ～その二

長男15歳
長女11歳

出版の世界にとびこんだ私は、いつか必ず会いたいと心ひそかに願う人が何人かいる。公平な立場で取材をしなければならないので、ファンであることを相手に告《つ》げるなど、もってのほかであるが、先日はどうしても自分を抑えることができなかった。自分が保育園時代に読んでもらって以来、大好きな児童文学作家・絵本作家の中川李枝子さんだったからだ。

ある日、中川さんへのインタビューの仕事が来た。私はこっそり、我が子が小さい頃に何度読んだかしれない『いやいやえん』と『ぐりとぐら』を持参した。ライターとして御法度《ごはっと》なのは重々承知の上、取材後に、サインをしてもらうためだ。この日ばかりは恥も外聞もかなぐりすてた。結果、快くサインをいただいて有頂天になったのは言うまでもない。

家に持ち帰ると、一一歳の娘は、「わあ！　すごいっ」と目を輝かせ、遊びに来ていた友だちにいきなり自慢を始めた。

「え？　知らないの？　『いやいやえん』書いた人なんだよー、すごいでしょう」

一五歳の息子がなんと言うのか、反応に興味があった。「ふーん」と無感動か、もしくは感激するのか。反応は後者だった。

「おー、すげーじゃん」と、『ぐりとぐら』をぺらぺらめくりはじめた。「なっつかしーなー」と目を細めて。そして手を止めたのは、案の定、巨大なカステラの場面だった。三歳の頃と何も変わらないのでおかしくなる。不思議と妹より兄のほうが、あらすじをよく覚えていた。妹のほうが若いのだから、記憶も新しいと思ったのだがその逆である。


私も久し振りに音読をしてみた。すると、タイムマシンにのったみたいに瞬時に、全員の記憶が昔に戻っていった。ニキビ面の中学生は六歳の男の子に、ＡＫＢ４８に夢中な小学五年生は言葉もたどたどしい二歳に。

布団を三枚並べて、家族四人寝っ転がって、よくこの本を読んだっけ。カステラの場面で、「さあ、食べていいよ！」というと、ふたりは我先にとカステラの絵に手を伸ばして、ぱくぱく食べるまねをしたんだよな。でも私が「食べていいよ」と言うまでは、絶対に手を伸ばさない。あれは、彼らが自分で作った暗黙のルールだったんだろうか……。

中川さんの作品は私自身が保育園のころに、保育士に読んでもらったのを鮮明に覚えている。特別な思いいれがあるので、毎回他の絵本よりいくらかていねいに、気持ちをこめて読んだものだ。読みながら自分も幼い頃の自分に戻るような二重の感覚があった。一〇年前の新米母の自分、何十年前の子どもの自分。そして、今。

絵本は、私の人生の必要なある時期に、いつもそばにあった。離れていた時代も長いのに、一ページ目を読めば、いつでもその頃の自分に戻ることができるというこの妙。

絵本をたくさん読み聞かせしたら頭のいい子になる、本好きな子になるとばかみたいに信じていた私だが、うちの子たちはとくに本好きにもなっていない。創造性ゆたかなのびのびした子でもない。どこまでもごくふつう。

今だからわかるが、読み聞かせの価値はそんなところにはない。

たった一冊の絵本を共有することで私自身が豊かな時間をもらっていたのだ。子どもたちから、読んでくれた保育士から、そして作者の中川さんから。それだけで十分、読み聞かせの価値がある。いや、「読み聞かせていた」のではない。「読み語っていた」のだ、いっしょに。

息子が娘よりよく覚えているのは、自分が小さい頃と、お兄ちゃんになってからとふたつのシーズンに読んでもらっているからだと気づいた。だからといって本好きの子にはならなかったけれど、一〇年以上経てもなお、特別な郷愁とともに、親に読んでもらった幸せな気持ちが蘇るのならそれだけでけっこう。

そうやっていつか、今度は自分が父や母になったときに、過ぎ去ったあの布団の上のやすらかで朗らかな時間を思い出すといい。

どんなふうに環境や時代が変わっても、人の心の深いところに届く作品の魅力は変わらず、新鮮なまま継承され続ける。

母から子へ、子から孫へ。そういう作品を書ける作家が稀有《けう》なために、中川さんにサインを求めるという禁を犯してしまったのだと自己正当化をしてみる。本当は、あんなすてきな時間をありがとうございましたと言うべきだったのかもしれない。

自宅内早朝勤務、過ぎ去ってみると……

長男16歳
長女12歳

前にも書いたとおり、子どもが〇歳と四歳とまだ小さかった頃、やむにやまれず早朝勤務シフトを編み出した。一八時に仕事終了。そこから〝お母ちゃん〟の時間になって、保育園へ迎えに行き、風呂に入り、食事を作り、一緒に食べる。夜はゆっくり、絵本を読んだりして過ごし、一緒に二一時半頃寝てしまう。そして、朝三時に起きて八時まで原稿を書く。これが早朝シフトだ。

早朝は電話も鳴らなければ、メールも宅急便もこない。スッキリした頭で集中できるので筆が進む。なにより、「一分でも早く寝て欲しい」とどこかでイライラしながら子どもを寝かしつける夜から解放されたことが快適だった。ゆっくり布団の中でおしゃべりやら絵本やら、「一緒に寝てしまってＯＫ」な状態を作ると、気持ちがゆったりする。それが子どもにも伝わるようで、そんなときのほうがずっと寝付きがよかったりする。

そういう生活が一〇年くらい続いた。早朝勤務は生活のリズムになっているので体も楽で、驚くほどたくさんの仕事もこなせるのであった。

ところがあっという間に子どもは大きくなり、添い寝など必要のない年齢になってしまった。

いつしか早朝勤務の習慣はなくなり、私も元の宵っ張りに戻った。二三時からニュースを見て、それから入浴をして、二四時過ぎからパソコンをしたり本を読んだり。

自分時間などというかっこよいものではなく、たいがいパソコンで不動産情報を見比べたり、メールの処理をしたり、どうでもいいサイトをながめているだけだ。思えば、早朝勤務時代よりずっと、パソコンに向かう時間が増えた。子どもの顔よりこの四角い箱を眺めている方がはるかに長い。ひどいときは、夕食後からずっとパソコンに向かっていることもある。子どももいい年なのだから、顔をつきあわせている必要もないのだが、パソコンやテレビに自分の時間をからめ取られないようにしようと、あんなに頑張っていた自分はどこに行ったのだろうと思う。

子どもが小さいころは、もっと時間が大切だった。仕事のために日中離れている、淋しい思いをさせている、という負い目がどこか頭の隅っこにいつもへばりついていたから、夕方から寝るまでの、子どもと一緒にいるわずかな時間をとりわけ大事にした。手のひらですくいあげた時間が、指の合い間からひとつもこぼれおちないように、必死だった。絵本をひとりに四冊ずつ、ひと晩に八冊読むことも多かったが、少しも苦ではない。離れていた昼間の時間を、ここでとりもどしてやるんだという気負いが原動力だったかもしれない。

しかし、今の私のこのとりとめもない時間の使い方はどうだろう。

「ママの好きなお笑いやっているよ」と娘が声をかけてくれても「あとでね」と、仕事部屋に向かう。よその子もそうかわからないが、子どもは大きくなっても、時々自分の好きな番組を親にも見てもらいたい、一緒に笑いたいというときがあるようだ。

「このコンビ、きっとママが好きだと思うよ」と、お勧めの芸人が登場すると、わざわざ私を呼びに来る。一緒に笑うと「ほらね? 言ったとおりでしょう」というような嬉しそうな顔をする。高一の長男は、さすがに親など呼ばぬが、それでも長友選手の名シーンやヨーロッパのサッカーチームが日本にエールを送るシーンなどは「見てみなよ、感動するよ」とビデオに撮ったものを何度も勧めてくる。

大きくなっても子どもは子どもだなあと思う。自分の好きなものは親にも好きになってほしいし、認めてもらいたいのだ。テレビもガールフレンドもロックバンドも洋服のブランドも。

自宅内早朝勤務シフトを敷いていた頃のように、もう少し時間を大事にしたい。やがて子どもたちは家を出る。今までがそうだったように、その日までも、きっとあっという間だ。べたべた一緒の部屋にいることはないが、この電子の箱に時間を明け渡すのはほどほどにして（ただでさえ、昼間はずっとこの箱と付き合っているのだから）、なにげない気配で家族を見守っていたい。

ツイッターなんかを始めて、ますます夜遅くまでパソコンにかじりつくようになってきたので戒めもこめて。外より内側を見つめ直したい。最近、そんな気持ちが強まっている。

器の数だけ暮らしの思い出

長男16歳
長女12歳

引っ越しのとき、器の梱包に丸一日を費やした。助っ人の友だちと、ただひたすら食器棚や吊り戸棚の器を包みまくった。彼女に、「いくらなんでも多すぎだよ。処分しなよ」と言われた。いや、これでも自分なりに処分したあとなのだと告げると、驚かれた。それくらい多い。

器道楽というと、高いものも持っていそうだが、私はただの貧乏の道楽。自分が好むもののほとんどが、二束三文のものばかりだ。それでもひとつひとつに思い出があるので、なかなか減らすことができない。

なんでもかんでも、ものを持つな、捨てろと言われると、生活の愉しみが失われてしまう。だから、好きなものは持てばいい。ただし、場所に限りがあるので、「日常に使えるもの」という条件だけ、自分に課している。

きのうも、器好きの友人たちと、器専門のリサイクルショップや民芸店をはしごした。すさまじい品数の中から自分だけの掘り出し物を見つけるのが好きだ。蓋付きの薄手の飯椀や小ぶりなビールグラスを買った。グラスは昭和の古いものだが、今流行のうすはりで、強く握りしめたらひびが入りそうな繊細さに惹かれた。

帰宅後、買ってきた器を眺めながら、ふと子どもの成長に思いを馳せた。

乳児の頃は、出産祝いでいただいたタッパーウエア社のプラスチック製密封容器を毎日使っていた。落としても割れず、乱暴に使っても傷ひとつつかない。軽くて密封性が高く、持ち運びに便利。離乳食を小分けして入れるのにも丁度良かった。

あの頃、仕事に新米母業にと忙しく、器にこだわりなど持っていられなかった。授乳と執筆の合い間に、立ったままご飯を食べていたようなありさまで、ゆっくり食事をした記憶があまりない。せいぜい、キャラクターものやファストフード店でオマケのプラスチックの器をもらわないようにしようと心がけていた程度だ。やがて飽きてゴミになるのが目に見えていたからである。

三種のおかずを入れられるよう間仕切りのついたタッパーウエアは今も高校生の息子の弁当で使うことがある。一六年も活躍しているが、まだまだがんばってくれそうだ。

その後、保育園、小学校と子どもの成長に合わせ、少しずつ焼き物やガラスが増えていった。取っ手の付いた器や、触っても熱くない厚手の焼き物は、そのときどきで我が家の食卓に必要不可欠だったものだ。

作家ものの器はもう少し先にと、我慢していた。子どもが割るのではと思いながら使ったら、ひやひやして食卓も楽しくあるまい。器は使ってなんぼのもの。それなのに、使うたびに罵声を飛ばしたりしたら本末転倒だ。しばし、背を向けておこうと思っていた。

いつしか、二人の子も簡単な料理ができる年齢になった。そしてきのう、私が選んだのは、ひやひやしそうなほどうすはりのビールグラスである。

帰宅後ウキウキとしながらグラスをふたつ並べていると、夫も「お、薄いな」と眩しそうに目をやった。ようやくこういう器でビールが飲めるようになったのだなと感慨深く思ったのだろう。

子どもの成長だけが理由ではない。自分の嗜好や美意識も、少しずつ変化してきた。一人暮らしを始めた頃は、いっぱしに日本やヨーロッパのブランドものに惹かれたりした。雑誌に載っていた誰かのまねをして買ったこともある。しかし、店頭で形や柄のおもしろさに惹かれて衝動買いしたものの、それに合う料理を作れなくて、一度も使わずフリマに出したことも。

三〇代を過ぎると、旅先のパリやハワイの洗練されたレストランで白い器ばかりが次々出てくるのはつまらないと感じるようになり、日本の器の色彩や表情の豊かさにあらためて気づかされた。季節や料理に合わせたものを選ぶような器道楽の国に生まれて良かったと、しみじみ思う。

器は、そのときどきの自分を映し出す鏡のようなものだ。だから、食器棚には等身大の自分が詰まっている。器の思い出だけ、暮らしの思い出もある。

今は、使いやすくて料理が映え、繊細な薄い器に惹かれる。

しかし、いよいよ食器棚は満杯状態なので、どれか割れるまで買い足さないというルールを厳しく自分に課さなければならない。

さて、私は一〇年後、二〇年後にどんな器を使っているのだろうか――。

一五分の夜道、心のキャッチボール

長男16歳
長女12歳

息の詰まるようなこの時期が、今年もきた。娘の中学受験が、一〇日後に迫っている。

長男の受験を経験した四年前の大雪の朝、一二歳の小さな背中を見送ったとき、二度とこんな辛いことはすまいと誓った。当日の朝、「無事、受験に行ったか？」と心配のメールをよこした田舎の父に、「見送ったとき、あれ？　あの子の背中、こんなに小さかったっけと思った」と返信した。あれは涙でかすんで読めずにまいったと、後で父から聞いた。

毎日塾に通い、帰宅は二二時近く。長男の時は、本人がどうしても行きたい学校があり、夜遅くまで自分から机に向かっていた。一二歳で、そこまでして最初の人生の決断をさせる是非は、家庭ごとに考え方が違う。地域性もある。「信じられない。うちは毎日学校から帰ったらランドセルを放り投げて、釣りに行ってくるって鉄砲玉みたいに飛んで行っちゃう」という九州の友人の話を聞くと、それが本来の子どもの姿であろうと心から思う。

だが、長男は受験を選んだ。クラスの半数以上が受験をする環境で、遅くまでの塾通いも友だちと一緒であまり苦にならなかったようだ。小学校の違う塾友とは、四年経た今でも、ときどき一緒に遊んでいる。戦友のような感覚に近いのかもしれない。

しかし、娘はこれといって行きたい学校もなく、ただ、友だちがみんな塾に行くから行きたい、お兄ちゃんも受験したし私もという軽いノリで受験勉強を始めた。そのためか、勉強もすぐに苦痛になり、大手の集団塾にもなじめなかった。

塾を替えたり、受験をやめようと話し合ったのも一度や二度ではない。兄が経験したから妹も自然にとりくめるというほど、受験は甘くないし、子どもの人格も違うのだからなにもかも違って当然だ。そうわかっていても、やる気のない娘をみると、ついつい小言が口をついて出てしまう。

ふりかえっても、しんどかったことの方が次々と思い浮かぶ。この年齢の受験の向き不向きは子どもによって異なる。わが娘にははたしてどうだったのか。今は渦中にいるのでよくわからない。

だが、娘にもいいことがふたつだけあった。ひとつは、目標に向かって親子で走ったという実感だ。

泣いたり笑ったり、時には仲違《なかたが》いをしながらも、その目標をクリアするためにどうしたらいいか、一緒に考えた。きっとこういう経験はこの先、もうない。自分の目標は自分一人でおいかけるはずだし、そんな道の傍らに親がいても邪魔なだけだ。これは長男の受験でも感じた。

もうひとつは、毎晩バス停から自宅まで一五分ほどの道を、肩を並べて歩いて帰ったことだ。

長男のときと違って、女児なので夜道を付き添った。小さなおにぎりやあめ玉をポケットに入れていき、「はいよ」と手品のように差し出したり、寒いのでランニングのまねをしたり、月を眺めながらあれこれ他愛もない話をする。

娘は、塾から解放されて表情も明るく、一日の中でこのときが一番饒舌だ。私も勉強の話はできるだけせず、学校や友だちやドラマの話に聴き入る。今、ジャニーズの中で誰が一番好きか、班の係は何で、クラスの男子がどれだけ「あんぽんたん」(娘曰く)で、おもしろい生き物なのか。

「A男がさー、提出した絵を持ってきてくれたんだけどさ。チョーおかしいの。裏に小さく薄くB男のハンコが押してあるんだよー。B君との入籍はまだですかーとか言いながら。バカだよねー」

　B男君は、以前にバレンタインのチョコをあげたらいつのまにか噂になってしまったお相手だそう。

「なんて言い返したの？」

「なーに言ってんだかって笑うしかないじゃん。おもしろいから、今年はA男にチョコめぐんでやろうかな」

　くくっといたずらっぽく笑う。ああ、今彼女が気になっているのはA男君なんだなとわかる。

　手をつなげる年齢はとうに過ぎ、今は洋服を共有するほどに体が大きくなっている。この先、恋の行方もジャニーズへの思慕も、聞く相手が私ではないことだけはわかっている。思春期にさしかかる直前の、不安定で壊れやすくてやわらかな子どもの心のはしっこにほんの少し触れることができる幸せをしみじみかみしめる。この時間もあと一〇回と、心の中でカウントしながら。

　過熱する中学受験の話に必ずついてくる「異常」や「狂信的」という言葉が気にならないといえば嘘になるが、こんな親の独り言もあるというお話である。さて今晩は、何をポケットにしのばせて迎えに行こう。

3

育っていく子ども、過ぎてゆく人生

～思春期母編

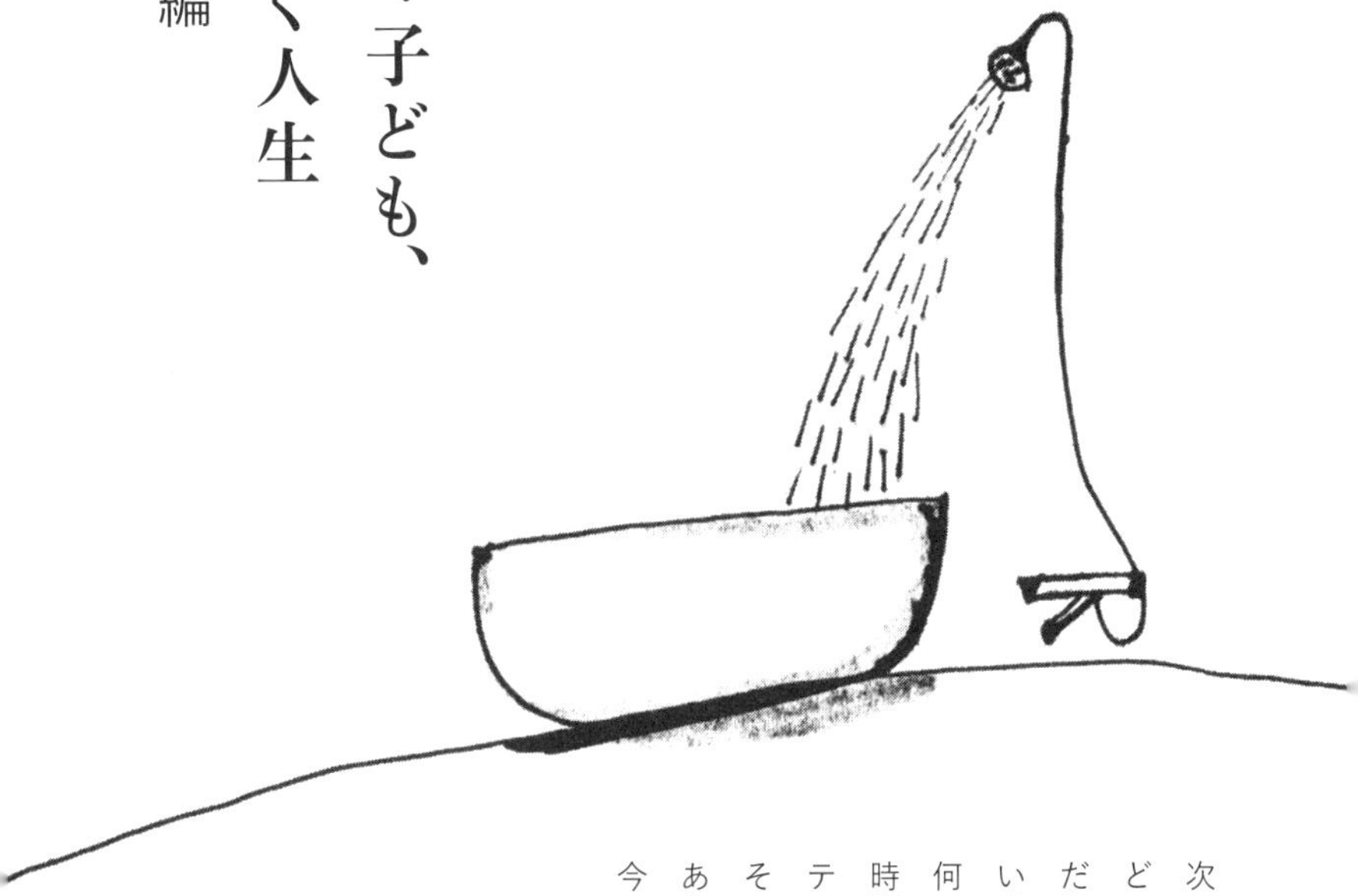

次のオリンピックは、
どこで歓喜し、
だれと、悔しがって
いるだろうか。
何でもない家族の
時間の真ん中に
テレビとちゃぶ台がある。
そんなお茶の間の
あたりまえが、
今はひどく愛おしい。

見逃していた、娘の孤独な四日間

長男17歳
長女13歳

四月に入ってから仕事がたてこみ、帰宅が二〇時や二一時になる日が続いた。娘も中学に上がり、多少の留守番はいいだろう、夕食が待てなかったら自分で何か作るだろうと、高をくくっていたせいである。

中学の入学式から四日目の二〇時半。

駅に着いた私は、夕食作りの手間を省《はぶ》きたくて、子どもたちと近所の居酒屋で待ち合わせをすることに。まもなく仕事を終えた夫も店に到着した。

一五分後、現れた娘の目が真っ赤だ。またきょうだい喧嘩かとため息をつく。

娘はうつむいたまま、箸をつけない。高二の息子が私を責めるような目で見ている。様子がおかしいことに気づき、娘を問い詰めると、しくしく、そのうちぽたぽた大粒の涙に変わった。しゃくり上げながら言うことには、入学してから今日まで友だちがひとりもできない、お弁当もひとりで食べている、朝が来るのが苦しくて、通学鞄を見ると頭が痛くなるということだった。大手塾出身の子同士が顔見知りで、すぐグループができてしまい、その輪に入れずにいるらしい。そういえば、朝ご飯も少し暗い顔をしていたっけ。

「ママは転校生のとき、何日目で友だちが出来た？」

「○○中（地元の公立中。娘は私立に進学した）に行ってたら友達がいて楽しかっただろうな」

気にも留めていなかったが、思い返せばＳＯＳのサインはいくらでもあった。

受験してようやく入った学校で、よもや四日間もひとりぼっちだったとは想像もしておらず、青天の霹靂《へきれき》のような心境だった。すると長男が言った。

「初めてひとりで電車に乗って学校へ行って、教室でも弁当もひとりで過ごして、誰もいない家に帰って夜九時まで親が帰るのを待つ。この四日間、どのくらい淋しかったと思う？」

思春期の通過儀礼で、友だちができないなんて悩んでいる期間は、長い目で見たらほんの一瞬、友だちなんてそのうちできるとわかっている。だが、トイレに一緒に行ったり、弁当を食べる相手がいるかいないかが、世界のどんな出来事より重大に思っている今の彼女に、そんな気休めは言えなかった。

「そうだったの。つらかったね」と声をかけるのがやっとであった。

ついこの間までは、一八時から取材を入れるのは稀《まれ》で、どうしてもというときは、夫が早く帰るようにあらかじめすりあわせをしていた。ところが四月になってから、夫も私も毎日二〇時頃まで仕事をして、どちらかが帰宅してから超特急で夕食を作る。たった二時間だが、目を見て話す、気配を感じる、気持ちを察する時間がゼロだったことを今さらながら悔いた。そんなわずかなすきまから、いとも簡単にこぼれ落ちてしまうものが確かにあるのだ。自分は何年母親をやっているんだろうと、情けなさでいっぱいになった。

かといって、親ができることなど限られている。

翌日。

「一匹狼だってええやん。そんなん、昔はけっこういて、クラスの中でもかっこよかったで」と、とんちんかんなアドバイスをする夫と言い争いになったりしながら、朝食を囲んだ。帰宅時に「おかえり」と言って迎えられるよう、どうにか仕事を調整した。

この日も、無表情で帰宅した。

「ママ、私が帰ってきたからって、玄関まですっとんでこないで。どうせ今日もなにも報告することなかったんだから」

「大きな塾出身じゃない、あなたと同じような気持ちでいる子がクラスにきっといるはずだよ。その子に話しかけてみな」

娘は即座に言い返した。

「何でもそんなに簡単にいかないよっ」

ぴしゃりと心のシャッターを下ろすように吐き捨てて、自室に閉じこもる。鍵がついていなくて良かったと胸をなで下ろしながら、私は部屋に入り、床に座る。娘はそっぽを向き、窓辺に小さくうずくまっている。

うっとうしがられながらもしつこくあれこれ話しかけていると、ときに怒りながら、ときに泣きながら、娘は感情を吐露しはじめた。

――この五日間が自分にとってどれだけ長く感じられたか。ひとりでいることが平気な子になろうとがんばって装ったけど、惨めで苦しいだけ。学校の門を出たら、こらえた涙がわっと出そうになるけど、家に帰るまで我慢と言い聞かせている。帰ったら、誰も気にせず泣ける。だから、ママもパパもいなくてちょうど良かった……。

話しかけてくれる子もいるのに、「その子には別の友だちがいるから、私が出しゃばったら迷惑になる」と言う。すべては理解しきれないが、言いたいだけ言わせる。気持ちを吐き出すことができれば、それだけでも少しは荷物が軽くなるはずと信じるよりほかない。

私はただ、そこにいる。コチコチに固まった心のそばにいてあげることくらいしかできることはないのだから。

いてくれなくてよかったと言いながら、「今日は早目に仕事が終わるから家にいるよ」という言葉に、げんきんなほど顔が明るくなった。

朝、「駅まで一緒に行こうか？」と言うと、嬉しそうに頷《うなず》く。その前日は、とぼとぼ歩く妹を、長男がおいかけて駅まで一緒に歩いたのだった。

「今日は友だちできたかなってパパから昼間、電話が来たよ」と、私が言うと、「もうその話はいいって」と言いつつ、目もとの端が喜んでいる。娘の小さな痛みを家族全員で引き受けている空気は、彼女にもきっと伝わっていたはずだ。

六日目。

「ただいま」と言う声に玄関まで出ていくと、靴も脱《ぬ》がずに話しはじめた。

「友だち四人もできたよ！　あのね、○○子ちゃんってすっごいユニークなの」と口角泡をとばして……。

こんな結果も、ある程度は見えていた。

だが、もうこの先、同じ事が起きても親きょうだいには打ち明けないだろう。私が子どもでも、親になど言いたくない。げんに、この数日の出来事は、私自身、働く母をしている仕事仲間一人にしか話せなかった。彼女からのメールはこうだった。〈抱きしめてあげて。私は第一志望に破れて女子校に進んだ春を思い出したよ。その時、お姉ちゃんが抱きしめてくれたのが今でも忘れられないよ〉

体で、言葉で、心で抱きしめる。そういう時間が流れているはずの食卓さえ、忙しさと子どもの成長を言い訳に、私はおざなりにしていたと気づいた。

風呂場から、娘の鼻歌がきこえる。

夫と長男と目が合う。ほろ苦い、我が家の門出の春が過ぎようとしている。

オリンピックと茶の間のテレビ

長男17歳
長女13歳

四ヵ月前から我が家のリビングにはテレビがなく、地下の夫婦の寝室に一台あるのみだ。数年前、故障したのを機にテレビ無し生活がどこまで耐えられるか実験したことがあるが、子どもより先に虎ファンの夫が、スポーツ番組を見られないことに耐えきれず三ヵ月で音を上げた。

子どもらが日常的に見られない状態になったのは今回が初めてである。

きっかけはひどく些細なことで、中学に入学した娘がテレビばかり見て勉強をしないことに夫が激昂、私と娘とで言い合いをしている間に、壊したのである。こんな風に書くと、どんなエキセントリックな家族かと、あきれられるに違いないけれども事実だからしょうがない。

テレビに関しては何度も書いてきた。個人的には、なくてもなんとかなるが、あればあったで家族共通の話題も増えるし楽しいものだという結論にたどり着いている。

しかし、テレビというのは不思議なもので、どんなにベストな結論にたどり着いても、その先、子どもの年齢に応じて思いもしなかった問題が起きる。いい年をして、まだテレビについて悩まされるとはじつに情けない。

高校生の息子は、日本とヨーロッパのサッカーの試合を録画して、時間があるときに観るのみ。ほとんど部活で、そもそもテレビを観る暇はないに等しい。

問題は、中学一年の娘である。

受験が終わって気が抜けたのか、とにかく朝から晩までテレビ漬けの毎日。リアルタイムでは飽きたらず、深夜番組も端から録画して、録画容量がつねに満杯。そのほとんどがドラマだ。それでも飽きたらず、今度はパソコンで過去のドラマを見始めた。ゆるい部活に入ったので時間は山のようにある。テレビ依存症という病気があるのではないかと本気で心配になるほど、テレビにかじりつくようになってしまった。

五月のゴールデンウイーク明け、テレビ撤去事件は起こり、今に至る。

息子は「なきゃあないでやれるもんだね。母さんと妹の喧嘩を見るのも嫌だから、しばらくこのまんまでいいんじゃない？」と言う。

娘は最初の二ヵ月は観ていなかったが、今は時間を決めてどうしても観たい番組だけ地下の寝室で観る。まあ、この塩梅《あんばい》ならこの先も無しでいいかと思っていた矢先、オリンピックが始まり、事態は変わった。

娘も五年間サッカーをやっていたので、なでしこも男子のそれも気になる。むろん私や夫も観たい。

とうとう男子サッカーが準決勝に進むかどうかが決まる先日、朝ご飯の最中に私がつぶやいた。

「今日は寝室のテレビをリビングに持ってこようか」

「うん！」と娘の目が輝く。

「じゃあ今日はキックオフまでに、勉強も買い物も用事も全部済ませよう」ということになった。夕方、夕食の買い出しに娘と行く。「俺が撤去した意味がないやんけ」と、朝は口をへの字に曲げていた夫も、夕方には長男とテレビを上階に運び、セッティングしていた。

娘と料理を作る。その間に長男が風呂に入り、夫はちゃぶ台を拭き、箸を並べる。キックオフとほぼ同時に「いただきます」。

選手の一挙手一投足に歓声を上げる。

ついこの間まで、テレビはケの日のものだったが、今の我が家にとってはハレの日の道具だ。だからことさら嬉しいし、楽しい。小さい頃、あれほど食べながら観ることを叱ってきたが、分別《ふんべつ》ついた今だからこそ、こんな楽しみ方もできる。

四人が二時間きっかり、一緒の部屋にいることも久しぶりかもしれない。それまでは、食事が終わると子どもたちは自室にこもり、私は風呂、夫はソファで読書などてんでんばらばらだった。いつも一緒になどいたら気持ちが悪いが、こんな夜があっていい。

同時に、「紅白歌合戦」や「吉本新喜劇」、山田太一のドラマなど家族揃って楽しみに観た幼い頃の狭い茶の間を思い出した。あの頃、我が家には一台しかテレビがなかったのだっけ（今の実家には両親しかいないのに三台ある）。

なんでもない家族の時間のまんなかにテレビがあって、泣いたり笑ったり、濃くも薄くもないたくさんの時間が流れた。

今、こうしてサッカー選手の俊足に感嘆したり、スーパーセーブに一緒になって歓喜する瞬間を、子どもたちはこの先も覚えているだろうか。

次のオリンピックは息子二一、娘は一七歳だ。もう四人でわいわいもないだろう。もうしばらくハレの日の小道具として、テレビをリビングの隅に置いておくとしよう。

幼い子の躾《しつけ》にしゃかりきになって、テレビを目の敵《かたき》にしていた一〇年前の自分とはまた違った感覚がある。隔世の感と呼ぶには短すぎるけれども。

風呂と子どもと一人の時間

長男17歳
長女13歳

息子は朝シャワー、娘は夜シャワー。幼い頃から銭湯通いだった夫は、内風呂嫌いときている。

そのため、せっかく風呂をわかしても、湯船につかるのは私だけという日が多い。「もったいないから風呂をわかした日はシャワー禁止」と宣言しているが、誰も守ろうとしない。せこいだの、たいした節約にもならないのにばかばかしいだの、家族は好き放題言う。

昔は、肌ふれあって無邪気に風呂場で遊んでいたのに、今では脱衣所に鍵をかけるありさまだ。年頃とはいえ、なんとも淋しい。用事を作って風呂場をのぞこうとすると「魂胆ばれているから。のぞかないで」ときっぱり子どもたちに拒否される。親の中ではまだまだ子どもなのに、体はしっかり大人に近づいているのだ。

共働きの我が家は、子どもたちが幼い頃、一八時三〇分には風呂に入っていた。保育園から一緒に帰ると湯をためて、すぐさま親子で真っ裸になり風呂場に直行する。
そういう習慣がつくまでは、帰宅するとすぐ台所に立ち、風呂は就寝前だった。ところがまる一日離れていた子どもたちは甘えたいので、料理をしている間中、私の足もとにまとわりつく。こちらは仕事の留守電を聞きながら、米を研ぎ、野菜を切る。

子どもはそのうちぐずりだし、とにかく夕方から二〇時頃にかけての我が家は、ばたばたしっぱなしなのであった。

あるとき、働く先輩ママから「帰宅後すぐに、一緒にお風呂に入ると子どもが落ち着くよ」と教えてもらった。湯船の中で子どもの肌とぴったりくっついていると、離れていた一日分をうめるみたいに、子どもがにこにこ穏やかになって、入浴後は情緒が安定するので、夕飯作りにも落ち着いて専念できるというのだ。

やってみるとその通りで、おまけに入浴はほどよく疲れるのか、出たあとはほっこりした表情でテレビを見ている。私もあくせくせずに子どもとの入浴タイムを堪能したのち、夕食も落ち着いて作ることができる。

そんなわけで、あっというまに習慣になった。夕飯など少しくらいおそくなってもいいのだ。それよりも、湯船の中で笑ったり、遊んだりして、しっかり離れていた時間の代償を払うと、子どもは寝るまで安らかな表情でいる。その点、追い焚《だ》きができない賃貸の安アパートの風呂は、とても都合が良かった。帰宅したらすぐ、じゃんじゃん熱湯をためればいいだけだからだ。

夏は一八時過ぎでも明るくて、昼風呂のようで、贅沢な気分になった。先に風呂に入ると、後はご飯を食べるだけで家事も楽になる。

帰宅後すぐの入浴はいいことづくめであった。

そんな日々がまるで昨日のことのようなのに、今は娘も息子も鍵をかけるのである。

そのかわり、私が長風呂になった。

本を読むので最低一時間は出ない。かつては烏《からす》の行水だったが、子どもたちが一人で入るようになったあたりから長風呂派に。風呂場は、家の中で一人になれる貴重なリラックス空間だ。

子どもの巣立ちまでの日を数えて、淋しいと嘆いてばかりいてもらちがあかない。子どもが成長するということは、親の一人時間が増えるということでもある。おかげで風呂場でゆっくり読書ができるようになったではないか。

長い人生で、子どもに預けた時間はほんのいっときでしかない。足もとにまとわりついて台所仕事ができない時期などほんの一～二年なのだ。

バスタイムのように、自由時間が増えることをもっと喜ばなくては。

どうせ死ぬときは一人だしなあとひとりごちる。それでも、キャッキャ言いながらお湯を掛け合ったあの日々がとびきり懐かしいのは何故だろう。もう二度と戻らない時間だからだろうか。

ちゃぶ台から離れてなくしていたもの

長男17歳
長女13歳

この二ヵ月半ほど、ものすごく忙しかった。広告の仕事がやってもやってても終わらず、幾度も心が折れそうになった。

さて、忙しすぎると生活がどうなるか。

まず、夕食の献立を考える気力がなくなり、食生活がおざなりになる。時間がないから料理をしないという短絡的な理由ではない。いつもなら夕方、仕事を終える頃うっすらと献立のことを考え始め、仕事モードから母ちゃんモードに切り替わっていくのだが、夕方からどんどん忙しくなり、仕事が二四時頃まで終わらない。すると、夕食のことを考えるどころか、できればなしですませたいくらいの気持ちになる。結果的に、自分がこれまで大事にしてきた「夕食は家族が集まる大事な時間」という意識が薄まる。そんな信条はどうでもよくなって、ほぼ二四時間仕事モードのままで、カリカリどこか興奮している。母ちゃんに戻らない母親に、子どもはあまり話しかけなくなる。何か聞かれても上の空で、携帯から目を離さない母親なんて間違いなく最低だ。親子、夫婦のささいな口喧嘩も増えた。

それまで我が家はあわただしい朝はテーブルで、夜はちゃぶ台でゆっくり卓を囲んでいた。ところがこの二ヵ月、ほとんどちゃぶ台を使っていないということに気づいた。私の中で、食事が二の次三の次になっていた証拠だ。

外に食べに行くことも多かった。帰宅しても仕事があるので、簡単なものにして、早く切り上げられる店を探した。

定期で届く農家からの宅配野菜はだぶつき、腐ってしまうので捨てる。いっぽう生協は注文し忘れる。魚や肉が届かないのでますます料理をしなくなる。

おまけに息子がケガで入院していたため、病院と家の往復にも時間をとられ、忙しいという字は心を亡くすと書くが本当だなあと、私鉄に揺られながらぼんやり考え、乗り過ごしそうになったこともある。

三ヵ月前まで、夕焼けが見えたらパソコンをそろそろしまって、夕餉《ゆうげ》のことを考え始める生活だったので、この変わりよう、生活の荒れようにあらためて驚く。家の中の見た目は荒れていないが、私の心の中はたしかに荒れていた。八百屋に並ぶ旬の野菜も、なでしこの勝敗もわからないような生活はよくない。

忙しいこととひき替えに、失うものは多いと一七年間のフリーライター生活でさんざんわかってきたはずなのに、別の果実に目がくらみ、大事なことが見えなくなりかけていた。

大事なものは人それぞれ違う。

ちゃぶ台を囲める生活ができるくらいの仕事量、書きたいことだけを書いていた元の生活に戻ろう。

ほら、今日ももう、窓の向こうが赤く染まり始めている……。

子育てはジェットコースターのように

長男17歳
長女13歳

仕事は、能力がなくてもないなりに、経験を積めばわかってくることがある。コツもつかめてくる。しかし、子育てはそういかないものだと最近とみに実感する。

たとえば先日の木曜日。

夕食時、テレビを消し、卓を囲む。珍しく夫も夕食に間に合い、二ヵ月前から足の怪我でちゃぶ台を敬遠し、テーブル席で食べていた長男が「そろそろちゃぶ台でもいいよ」ということになった。

「今度の文化祭ね、」と娘が話し出した。初めて体験する中学の文化祭に期待が高まっているようだ。「ナンパ禁止」とでかでかと書いたパンフレットを笑いながら見せてくれた。

すると息子がわりこんできて、「俺、すげー難しい漢字テストでクラスで一番だった」と誇らしげに言う。たかだか漢字テストで高校生兄が中学生妹の話の腰を折るんじゃないよという顔をしている私と夫に、「じゃあ、持ってくるから見てくれよ。これ書ける？」と二階の自室までテスト用紙をとりに行く。

「あ、私も国語のテストけっこうよかったよ！」と、娘も負けじと箸を放り出して階段を駆け上がる。

取り残された夫と私は、「なにもそこまでしなくても。小学生じゃないんだから……」と顔を見合わせて苦笑する。

ふと、ああ、私はこんな夕食がしたくて、幼児の頃からやっきになってテレビを追放したり、わざとらしくやたらに食卓で話しかけてきたりしたのだと思い出した。

「今日、学校でね」と子どもたちが口々に話し出すような、ホームドラマの如き食卓。微笑む父と母。栄養の話や、世の中のできごとについて話したりして、子どもが眼をきらきらさせて聞き入る。そんな育児雑誌の見本になりそうな光景に、実はちょっと憧れたりしていた。

しかし現実は、子どもはテレビが大好きで、たいした会話もなくご飯をかきこんですぐテレビの前に移動してしまうし、そもそもテレビのあるなしに関係なく、たいして会話は弾まない。

「今日学校でどうだったの」

「うん、まあ」

しょうがないから「お弁当おいしかった？」と、どうでもいいが答えやすいことを聞く。

「うん」

「おかずの何がおいしかった？」

「んー、忘れた」

……しょせん家族なんて、こんなもの。

ところが、今日の食卓はどうだろう。「へえ、臥薪嘗胆なんて書けるんだ。すごいね」とちゃぶ台を囲んでわいわいと賑やかだ。

息子は一七歳だから、こんな食卓が実現するのに一七年かかったわけで、幼児の頃からしゃかりきになっていた自分の愚かさ半分、懐かしさ半分、初めての子育てに頭でっかちになっていたあの頃の自分を、ねぎらってあげたいような気持ちにもなる。

ではそれ以来、そんな和やかな食卓が続いているかというと、金曜日は息子と進路のことで大げんか。

部活でくたくたに疲れ切って帰ってきたのに、せっかく作ったピーマンの肉詰めも生春巻きにもひとつも手を付けぬまま、自室に上がってしまった。しかも一段上がるごとに「死ねっ、死ねっ」と悪態をついているではないか。

何なんだ、このジェットコースターのような毎日は、とため息が出る。

子育ての答えがひとつ見えたと思ったら、また次の難問がやってきて、坂道を二歩進んでは三歩下がるの繰り返しだ。

これが反抗期かな？　と思ったら、そうでもなかったようで肩すかしを食らい、もう反抗期はないだろうとたかをくくっていたら「死ねっ、死ねっ」と唱えながら階段を上がる。

眉間《みけん》にしわをよせ、「じゃあ大学なんて行かなくてもいいよ！」とこちらも声を荒げながら、脳裏にふと浮かんだ言葉は、「人間万事塞翁が馬」。

こんな日々だっていつまでもは続かない。子どもはやがて巣立つのだ。そう思ったら、子どもたちの様子に合わせて上がったり下がったりする自分が滑稽でおかしく、そしてなんだか少し愛おしくさえなってきた。

私は、パタンと浴室の戸を乱暴に閉めて、ざぶんと湯船につかった。ゆるゆるといろんな感情がほどけて水にとけてゆく。

どうせいつかは、どこかに行ってしまうものなのだから、本音でぶつかって泣いたり笑ったりするのもよかろう。そんな時間さえも、過ぎてしまえば全部ひっくるめて愛おしくなるに決まっている。

翌日。

外出先から電話で息子に「雨が降ってくるから洗濯物入れて」と頼むと不機嫌そうに「わかった」との返事。「おかん、どこにいるわけ」と聞かれたので「電気屋」と言うと、人が変わったように元気な声で「iPhone5予約して！」。

今度はこちらが最高に不機嫌な声で「するわけないでしょ。今ので十分」。電話を切ったのははて、奴が先か、私が先だったか——。

子どもが幾つになろうと、子育てはジェットコースターのように上がったり下がったり忙しいものだということだけ、最近わかったところである。

レッドはない

長男21歳
長女17歳

二一年間母業をやっているが、いまだに失敗の連続である。

きのうも長男に「うっせー」と言われた。ソファで寝ているので、自室で寝ろと五回ほど言っただけなのに。

「おかんは小言が多いんだよ」とまで。たしかに五回は多かったか……。

身も蓋もない告白だが、家族なんてこんなものだ。子どもが成人したら立派な大人だと思っていたが、感覚としては中高時代と変わらない。こんなことを書いたら、きっと多くの人に子離れができていないと笑われるかもしれない。

ところで、私の母親はいまだに私に小言を言う。まだ私が一四歳かそこらだと思っているような感覚すらある。最近は黙って聞き流している。心の中で、「お母さん、私もう二一歳の子の母なんだけど」とつぶやきながら。

ひとつ謎が解ければ、次の難題が降りかかってくるし、そろそろ子離れだと達観していると、長女が赤点を取り、学校から電話がかかってきたりする。気が抜けないものだとしみじみ思う。

各駅列車でだんだん母親になり、そろそろ終点かなと思いきや、途中で少し戻ったり、進路変更があったり、ちょっとした停車トラブルが起きる。気づくと、終点はまだずっと先、見えない向こうなのだ。

『北欧、暮らしの道具店』というサイトで、不定期に連載をしてきた。テーマは、暮らしの中のちょっぴり面倒なことや、家事や育児や人付き合いは、あれこれ完璧にできないことの連続でもいいかもしれないよ、といったことだ。

編集者から「がんばりすぎているお母さん達の肩の力が抜け、少しでもほっとするようなものを書いてください」とご依頼いただいた。

たしかに、いまの世の中は、もっとていねいに、もっとまめまめしく、丹念に暮らさなければいけない雰囲気に満ちているような気も少々する。

だが、働いているいないにかかわらず、世のお母さん達はみな忙しい。圧倒的に時間がない。手伝ってくれる祖父母もそばにいない家庭のほうが断然多い。そのうえ、だれもが初めてお母さんを体験するのだ。以前習いましたとか、ちょっとかじったことがありまして、というのがない。

そんなないないづくしの日々の中で、毎日試行錯誤しながら、なんとかきりぬけてゆく。丁寧には暮らしたいと誰もが思うが、現実はそうもいかない。

だったら、少しばかり先に母をした私が、勇み足だったり、見切り発車だったり、元気の空回りで失敗し続けた体験を綴りつつ、そんなに丁寧にオシャレに生きなくても大丈夫よとエールを送る役をひきうけてみよう。いわば、失敗母さんの旗振り役。どんなに失敗したって、少々手抜きをしたって子どもは勝手に育っていくのだから。

人生にイエローカードが出ることはあってもレッドカードはない。イエローからいっぱい学べばそれで結果オーライなのだ。

そんなつまずきだらけの拙《つたな》い日々から学んだことが、頑張っているお母さんたちの少しでも役に立ってくれたら嬉しい。

弁当一〇年物語4

愛のバトンタッチというほど、
おおげさなものじゃない。
「元気でがんばりな」。
「ありがとう」。
日々のささやかな心の交歓が、
弁当箱にはつまっている。

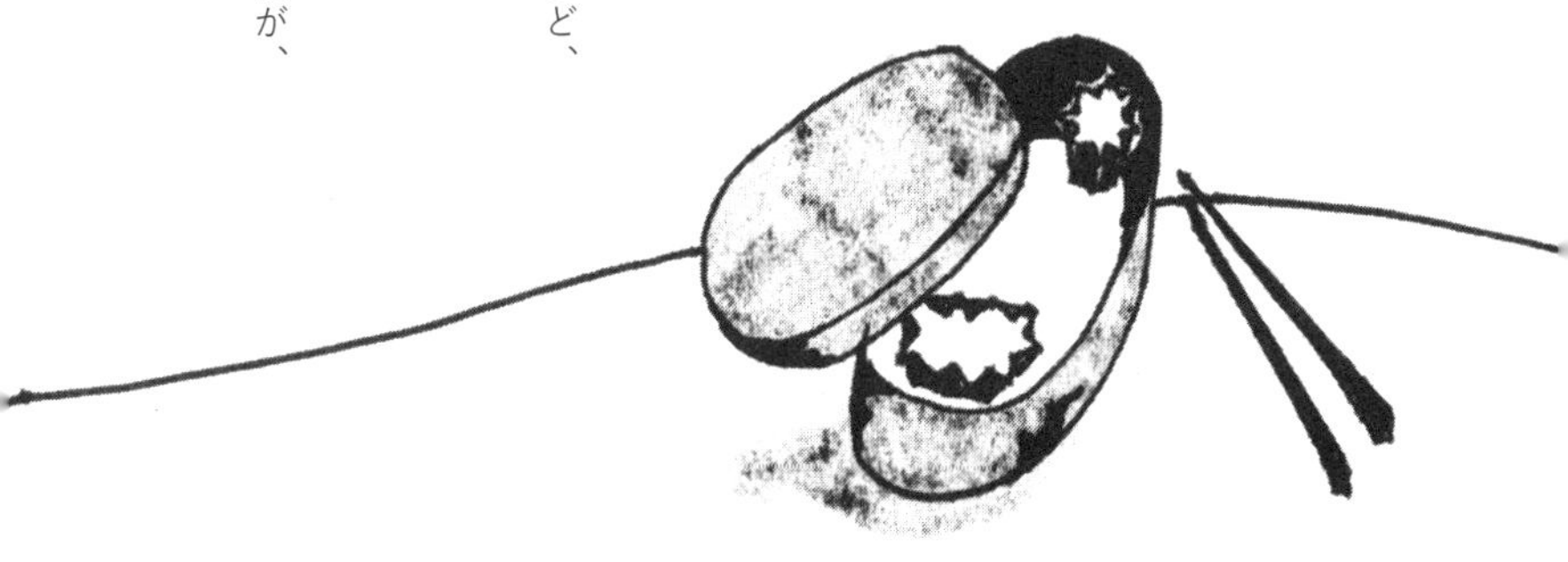

返ってきたバナナ

長男13歳

ある朝、目を覚ましたら七時四〇分だった。

中一の息子は、七時一〇分に家を出ることになっている。家族全員、うっかり、まんまと、寝坊してしまったのである。

すわ、大変！　と飛び起き、息子に朝ご飯がわりのバナナを手渡す。彼は「遅刻だーっ！」とあわてふためきながら、カッターシャツを着たかと思うと、ほんの数秒でバナナを完食。もう、玄関で靴を履いている。

入学して一ヵ月。さすがにまだ学食を使う子はいないらしい。しかし、今日は弁当をつくっている時間がない。

「学食で食べて！　とりあえず、これ持ってきな」

手渡したのはバナナ二本と五〇〇円玉一枚。「え～、バナナはいいよ～」と顔をしかめていたが、おかまいなし。むりやり通学バッグにぎゅうと押し込んだ。

さて、うっかり母をもつこの息子、お昼は無事に食べられるんだろうか？

ところが母の心配をよそに、夕方、意外なほど明るい声が玄関から聞こえてきた。

「ただいまっ！」

二階の仕事部屋から転がり落ちるようにすっとんでいった私は、開口一番尋ねた。

「どうだった？　学食、買えた？」

すると、彼は首を横に振る。

「食べてないよ」

「じゃあどうしたの？　バナナだけ？」

「バナナは食べたけど、こうやって高橋が弁当のふたを借してくれてさ、それがクラス中をまわって、みんながおかずをのっけてくれたんだよ」

「は？」

「まず高橋がおにぎりくれてー、高津が蟹シュウマイ一個くれてー、ほかのやつも唐揚げとか、煮物とか。女子もくれたよ」

みんなに恵んでもらったおすそわけで、満腹になったというのだ。

私は思った。食べ盛りの中一の男の子にとって、おにぎり三つ（ひょっとしたらふたつかもしれない）のうちのひとつがどれだけ貴重か。シュウマイだって、ふたつ入っているうちのひとつって、子どもにとっては大事だよな……。

そんな大事なおかずやごはんのお裾分けを食べながら、きっと、お腹と一緒に、心も満たされたに違いない。息子は、おにぎりやシュウマイという友情のかけらをもらったのだな。

友だちがひとりもいない中学に上がって、親ははらはらドキドキ、四月のうちは毎日のように「友だちできた？」と聞いていた。でも、もう心配はいらないのだとわかった。だって、こんなにもたくさんの友だちがいるのだから。

寝坊はもってのほかだが、寝坊したおかげで息子は昨日より今日、もっと学校が好きになったようである。

サプライズ合戦

長男14歳

長男の塾で二年、その後中学校でも毎日、弁当を作りつづけている。なかでもとりわけ、自分のレパートリーのなさに悩んだのは、塾のお弁当だった。勉強だらけの小学生が、塾で夕ご飯代わりの弁当を食べる。想像すると、母としては少々切なくもなる。

他の友達は、寒天ゼリーだの、焼き肉定食風だの、あったかい味噌汁だの、デザートのカットフルーツだの、いろいろくふうがあるらしい。それに感化され、栄養バランスを考えながら、小さなサプライズをどうしかけるか、知恵を絞るようになった。

その結果、おかずで一番喜ばれたのは、どーんと濃いめに味付けした肉を白飯にのっける生姜焼き弁当、デザートは、ゼリーを耐熱性の小さな弁当容器に直接流し込み、固めたものである。容器から、スプーンですくって食べるのが、形も崩れないし、特別感があって楽しいようだ。

どちらもたいして手間のかからない簡単なものである。それでも何度もリクエストがきたから、子どもというのは単純なものだなあ、手間暇ではないんだなあと実感した。

では、手間暇ではないとすると、弁当作りの肝《きも》とはなんだろうか？　それは、驚かせてやろう、楽しませてやろう、弁当の時間に小さな幸せを感じられるようにという親のささやかな願いだけなのだろう。

サッカー部に入り、つめてもつめても足りなさそうな中学生の今は、だんだん、質より量に転じつつある。あしたは、焼いたウインナーと水菜の巻き寿司を作ろうと思うが、驚いてくれるだろうか。

弁当のダメ出し

長男20歳
長女16歳

「おかん、俺、弁当だけが塾の楽しみだから、もうちょっとくふうして」

前述のように、九年前、当時小学校五年の長男にまじめな顔で直訴された。中学受験のため、夕方から二一時過ぎまで塾に通う彼にとって、夕食の弁当が唯一の楽しみ。手抜きせずもっとちゃんと作ってくれという訴えなのである。

そんな時間に子どもを塾に通わせる賛否はここではひとまず横に置かせていただく。そのとき私は、軽く脳天を打たれた気がした。たしかに、本来夕食とは一日でいちばんのごちそうが出て家族と語り合いながら楽しく食べるべきもの。それを塾の机上で迎えるのだから、昼の弁当作りとはわけが違う。もっと楽しくて、おいしくなければ。

弁当のおかずのレパートリーが数種しかなかった私は、それから一念発起。小さなおかずを研究し、その後、弁当ママ友達と図々しくも『おかあさんのおべんとう――母弁』（主婦と生活社）という本まで出してしまった。小さなおかずが一五〇種載っている。

その息子はいまや大学二年生。小遣い節約のためとうそぶき、いまだ弁当をキャンバスに持って行っている。友達の学生の多くが、弁当持参らしい。自炊の男子も作るとか。時節柄、昨今の若者は堅実だ。

そんな情けないエピソードから始まった私の弁当作り生活は今年で九年目。もう慣れたものといいばりたいところだが、じつはそう簡単にはいかない。高校一年の娘がなかなか手厳しいのである。

女の子は、見栄えや色合いを気にする。だが私は、キャラ弁を作るような器用さも気力も持ち合わせていない。いきおい、彩りのためにプチトマトとブロッコリーと卵焼きが欠かせなくなる。プチトマトは、マリネ、だし漬け、はちみつ煮、シソ巻きなどいろいろやった。ところが娘がある日、こう宣言したのである。

「トマトとブロッコリーと卵焼きときゅうりとウインナーはやめて。小五から食べ続けてもう飽きたから」

このショックをどう書いたらいいだろう。この五つを抜きにどうやって、てっとりばやく色合いのよい弁当をつくればよいというのか。

そこで私は再び気づいた。弁当本まで出したのに、いつしか弁当はこんな感じでいいでしょと決めつけ、娘の本当に食べたいものを考えたり、おもんぱかる気持ちが薄れていたのだ。

もちろん、思いきり眉間にしわを寄せ、文句を言うなら自分で作りなさいと言った。作ってもらうことがどれだけありがたいか考えてみてと。そう言いながら心の中で、無意識のうちの慣れや手抜きを省《かえり》みた。同時にこうも思った。――家事というのは終わりがないんだな。

「この程度で良いだろう」と流してすませると、家族に伝わる。一緒に暮らす家族だからこそ、自分にまなざしが向いていないことや、想いがはぐれそうになる瞬間を敏感に感じ取るのだ。

――ママ、もっと私のことを見て。

五色のおかずNG宣言には、そんな娘の心の声が投影されている気がした。

新米お母さんは各駅停車で、本物のお母さんになっていく、と前述した。歳月を経て、多少本物に近づいたとしても、〝終着駅〟はない。途中で停まったり、バックしたり、特急や快速になったりしながら、ゴールのない旅を、私は今も続けている。

5 家族と住まい

家という箱は、
子どもにとっては、
成長するまで
ほんのいっときの
止まり木のようなもの。
子どもに親切すぎる間取りなど、
寂しくなるから
きっといらない。

うめないすきま

長男11歳
長女7歳

七五㎡のコーポラティブハウス（住人同士で建設組合を結成し、おのおの自由に設計する）を建てるとき、収納の設計に幾晩も費やした。キャベツの直径サイズを測って、それが収まるスペースを確保しようとまでした。その結果、設計士も気づかなかった風呂場の引き戸の裏二〇センチ幅のすきまを見つけ、洗面具の収納庫にすることができた。キャベツをしまえるシステムキッチンは予算より三〇〇万もオーバーしたので叶わなかったが、すきまを探す作業は実に楽しかった。

七年経た今は、それを人に貸し、自分たちは古い借家に住んでいる。不動産サイトで見つけた築四七年の木造家屋である。

これが、すきまどころか用途のよくわからない空間だらけで、最初は使いこなせず参った。二階の窓側の廊下はほぼ誰も通らないのに、二メートルもある。雨戸をしまう戸袋の前は、一㎡ほどのどん詰まりの暗いスペースが。奥まっていて、雨戸を開閉しない限りその場所へ行くことはない。踊り場でも倉庫でもない。古い家には、名を付けられぬスペースがけっこうあるものだと知った。

住んでいくうちに、二階の廊下は夫の書斎になったり、娘がダンボールハウスを建てたり、夏の熱帯夜は定員二名の寝床になったり（外から風が入るので涼しいのだ）、季節や気分によって使い方を変えるようになった。戸袋の前の薄暗い場所にはもらいものの電子ピアノを押し込んだ。廊下の端の変な場所だが、子どもは誰からも見えない死角のようなこの場所がむしろ落ち着くらしく、居心地よさそうに弾いている。

谷崎潤一郎は『陰翳礼賛』に、日本の家は陰翳を作ることによって、闇の中から美を創造している、美は物体にあるのではなく、物体と物体との作り出す陰翳のあや、明暗にあると書いている。階段の裏や廊下の隅のなんでもない闇こそも大事、と。

そんなわけで、あれほど図面上のすきま追放に躍起になっていた私であるが、最近は、無理してすきまを埋める必要はないのではという境地に達している。狭い日本の家は、すきまを利用したくもなるけれど、季節や家族のライフスタイルに合わせて変幻自在に用途を変える、名前のないわけのわからない小空間があってもいいのでは。

古民家の床の間の隅や階段の裏みたいな暗い闇には、心を鎮める不思議な力がある。我が家のすきまの使い方は、少々へんてこりんだけど、心が落ち着くのならこれはこれでよしとしておこう。

曜日別一五分掃除

たとえば朝、子どもを起こしに階段を駆け上がるとき、靴を履こうと玄関でかがんだとき、顔を洗うとき、階段の埃《ほこり》や靴箱の隅の土や、洗面所の排水溝の黒ずみが視界に目に入る。そのたびに掃除しなくてはと思う。なのにバタバタと追われているうちに忘れる。そして翌日、同じ場所を通るときまた思い出すのだ。ああ、やらなくてはと。そのたび、きのうも今日もできない自分を、少し嫌いになる。

毎日自分を少しずつ嫌いになるのは不快なのに、なんの解決もしないまま放置していたある日。自宅で料理の撮影を引き受けた。

終了後、お茶をいれようと台所に立ち、ふっとガス台を見ると、油がべっとりこびりついているではないか。五徳の周りには黒こげの得体の知れない物体がぽろぽろ落ちている。

嗚呼《ああ》と恥ずかしさで顔を覆いたくなった。撮影前からある我が家の汚れだ。毎日見過ぎていて、それが自然になっていたので気がつかなかったのだ。客観的に見たら、こんなに汚れていたなんて！

　翌日、私は一念発起した。

「土日のまとめ掃除で見落としがち&見過ぎて気がつかない&けれど毎日目にする場所」を平日の朝八時四五分から一五分間、一カ所だけ掃除をすることにした。一五分なら苦にならないぎりぎりの単位だ。ほかの全体掃除はしない。

　掃除する場所も曜日別に固定した。玄関、階段、洗面所の排水溝、台所のガスコンロ。金曜は、できなかった曜日の予備に。

　そして、掃除する場所に掃除道具を置いた。一五分でやるのに、いちいち道具を取りに行くのでは間に合わないし、面倒だから。階段には途中にワイパーの使い捨てシートを籠に入れて置いた。洗面所には、パリの蚤《のみ》の市で買ったアンティーク缶にポケットティッシュを常備。ちなみにティッシュは街で配られる無料のものに限定。粗い繊維でできた粗悪品なので、水に溶けないし、洗面台や排水溝の水カビや髪の毛がうまくからまり、ごっそりキレイにかきとれる。五徳は、棒の端に硬いスポンジの付いた専用掃除グッズを、コンロ脇に。古道具のノベルティグラスにさした。近くに置くので、掃除道具の生々しさを隠すべく、掃除グッズとは気づかぬような容《い》れ物に入れると少し楽しげになる。

実際一五分どころか五分ほどで済んでしまう。短い時間でだめな自分にサヨナラできるので、いい塩梅だとほくそえんでいる。

九年いまむかし

長男15歳
長女11歳

この連載（『小さな家の生活日記』アサヒコム）を始めた九年の間に、息子は中三になり、娘は小五になった。

家族の年齢が変われば、ライフスタイルや日々のリズムも少しずつ変わる。欲しい家具、欲しい家電も変わってくるのでおもしろい。

また、インテリアや人の住まいを訪ねる取材が多いので、刺激を受け、自分の住まい観も変わる。時代も変わっているのだから、当然である。

たとえば一〇年前はイームズのミッドセンチュリーモダンや、アアルト、ハンスウェグナーなど北欧のデザイナーズ家具が全盛だった。私も、ル・コルビュジエのシェーズロングという寝椅子が欲しかったが、知り合いに「あなたの家には合わない」と言われてやめたことを、九年前の著書に書いている。

今読み返すと、ひどく恥ずかしい。なぜそんな高価な椅子が欲しかったか、よく思い出せない。きっと雑誌にカッコイイ部屋の実例写真などが載っていて、ふっと憧れたりしたのだろう。若い頃は、自分の嗜好《しこう》も固まっていないのでしかたがない。あれもいいこれもいい病にふりまわされ、手痛い失敗を経て、ぶれない自分にたどり着くものだから。

こんなことを書いている今だって、完全にぶれていないわけではない。素敵な家に行ったら、すぐ影響されて帰ってくる。「薪《まき》ストーブっていいよ〜。ピザも焼けちゃうんだって」と興奮気味に話す私の話を、夫は「薪って、この東京でどうやって調達すんねん。空気も汚れるし」と適当に聞き流している。

また、九年前あんなに欲しかった食器洗い機が、今の借家にはない。慣れない育児と仕事の両立に四苦八苦し、一日二四時間では全然足りない頃、一番欲しいのが食器洗い機だった。だが今は、子育てもずっと楽になり（というより手を離れすぎて淋しいくらいだ）、仕事と育児以外に自分の時間ももてるようになった。皿洗いは、母モードから仕事モードへ気持ちを切り替える儀式のようなもので、あまり苦にならない。ライフスタイルは変わるのだ。

あらためて痛感するのは、住まいは引き算だということだ。

家を建てるときはあれもこれもと、足すことばかり考えていたが、なければないで知恵を絞るようになる。そういう過程にささやかな喜びがあったりするのだと、これはこの歳月を経て発見したこと。

子どもの勉強机がない間はちゃぶ台でしのいだ。カチャカチャ皿を洗う横で、宿題をした。こちらも、子どもが今何を習っているかもわかるのでよかった。

電気ポットや魔法瓶も、我が家にはないが、湯の沸く微妙な時間の違いで季節を知る。調味料やカトラリーをしまう収納棚を通販で買おうとも思ったが、もらいものの古い医療用カルテの引き出しが、こぶりでちょうどいい大きさでキッチンで、重宝している。

知恵を絞り、工夫をして、それが成功すると、お金と引き替えに買ったものよりずっと嬉しく愛おしくなる。

壁も空間も余白が大事。いかにすっきり、いかに持たずに暮らしに余白を作れるか。買ってすませる足し算より、引き算のほうがずっと難しいものだ。

そして家は、箱でしかない。そこに暮らす人間同士がどう絆を紡いでいくか。そっちにうんと努力をして腐心した方がいい。

家を建てる人やこれから建てたいと考えている人は、設備や素材や仕様やデザインに一生懸命だと思うけれど、「足りないくらいでちょうどいいですよ」が、今の私ができるリアルなアドバイスである。
そのほうが工夫するからきっと楽しい毎日になるはず。

子どもの個室と人生の短さ

長男16歳
長女12歳

おおげさに思われるかもしれないが、日一日と子どもが親の手を離れていく実感がある。息子が高一、娘が小六。越して、個室が出来たのでなおさらそう感じるのだろう。

たとえば洗濯物は、今までたたんで階段に置いていた。子どもたちは二階に上がる時にそれぞれ自分の引き出しにしまう方式だった。

ところが娘は、片付けるのが苦手で、結局階段に山と積まれた洗濯物を親が引き出しにしまうのもしばしばだった。今は、取り込んだらたたまずにそれぞれの部屋のベッドに置いておく。学校から帰宅後、自分のクロゼットに自分流のやり方でたたんでしまっている。先日、ひと月ぶりにクロゼットをのぞいたら、けっこうきれいに収納されていて、今まで親がやりすぎていたなと少々反省をした。

同じ仕様の収納だが、長男は用途別、長女は季節とアイテム別に仕分けているところも興味深い。吊るし方も、たたみ方も全然違うのだ。

就寝も、以前は寝る直前までテレビにかじりついて、親が促さないといつまでも起きているような娘が、定刻になると自室に行くようになった。書店で「寝る前に読むから」と本をねだることも。選んだのが歴史漫画で、そういう世界に興味があったのかと、ひそかに驚きながらお金を渡した。

ひょっとしたらこんなことは当たり前のことで、うちだけ親離れが遅いのかもしれないが、個室を与えると親の知らない時間と宇宙が広がっていくように思える。

それはまぎれもなく、小さな自立の第一歩なのだろう。

長男は自室に入るやいなや、夢中になってガールフレンドとメールを始めるし、そのうち娘も恋をして、もっと私の知らない世界にとびたってゆくにちがいない。

何もかも知っているようなつもりでいるのは小学校四、五年までなのだなと、当たり前のことを少し寂しく思った。

……そもそも、何もかも知られていたら子どもにとっては窮屈だし、健康な関係とは言えない。親に言えない秘密や隠し事も増え、個室にしたことを後悔するようなことも、この先きっとあると覚悟しておかねばならない。自立や成長とは、きっとそういうことだ。

夜中に地震があった。

先月までの娘は、そのたび親の寝室に駆けこんでは「怖いから」と、布団の中に潜り込んで来た。赤ちゃんじゃないんだから自分のベッドに戻りなさいと言ってもきかない。

ところが昨夜の地震では親の部屋に来たが、揺れがおさまると自室に帰っていった。うつらうつらとしながら「ああ、こうやって子どもは親の元を離れていくのだな」と実感した。もう、あの子と枕を並べることはないのだろう、と。

今借りている家は、半地下（私の仕事部屋）、一階（リビングダイニング）、二階（親、娘、息子の三室）という間取りである。

当初、半地下を息子の部屋にしようとしたが、友達が「日のあたらない場所に若い子を置いちゃいけない。年長者が使うものだよ」と言った。そう言われればそうかもしれないと、私の仕事部屋になった。

二階は三室といっても、狭い部屋が隣り合わせのぎゅうぎゅうの間取りだ。息子の寝言まで聞こえるようなありさまだが、プライバシーを保ちつつ、互いの気配が感じられるこのくらいが、我が家にはちょうどいい。

息子ひとりを遠い半地下にしなくてよかったと今は思っている。どうせ、いずれ近いうちに息子など独り立ちしてしまう。

家という箱は、子どもにとっては、巣立つまでのかりそめの宿のようなもの。建てるときはあれもこれもと子どものことを考えて設計するが、せいぜい一七～八年の為のもの。あとは夫婦二人になると思えば、子どものことを考えた親切すぎる設備や間取りは、いらないのかもしれない。

息子は部活、娘は塾。

ぽっかりと時間が空き、夫婦だけになる週末が増えたので、こんな事をつらつらと書いている。人生って短いものだなあと、はかない思いをかみしめながら。

住み替えでわかった余計と余白

長男21歳
長女17歳

結婚してから八回越した。転勤ではない。引っ越し魔だと言えるほど余裕があるわけでもないのに、家族四人、よくも繰り返せたものだと思う。

転居はだいたい〝手狭になった〟というありきたりの理由である。最初の転居で小一と小五だった子どもは最後の転居で、大学生と中学生になっていた。

三年前、子どもたちから「もうやめてくれ」と懇願され、元いた家に戻った。コーポラティブハウスで、思い入れのある住まいである。六年住んだ後、もっと広くて子どもたちが走り回ってもいい家に住みたくなり、上階の住人に仕事場として貸した。その家に戻りたいのだと子どもたちに懇願されたのである。

それまで住んでいた家は郊外の一五〇平米、コーポラティブハウスは、区内の七五平米である。広さに惹かれて越したのに、今回は子どもの体躯《たいく》は大きくなっているにもかかわらず、部屋は半分以下にサイズダウン。とてもモノを捨てるという程度では乗り越えられない。さて困った。暮らし方、持ち方、買い方から変えなければば……。

越してだいぶ経てから気づいた。全員が快適に暮らすには、モノを捨てたり買ったりの次元ではなく、時間の使い方、暮らし方を見直す必要がある。それはすなわち、これからどう生きたいかという人生の展望を真正面から考える作業でもある。

家具や衣類を処分し、一〇畳の子ども部屋をリフォームで分割したり、収納用に貸倉庫より安い古部屋を借りたり、なんとかやりくりした。

意外にも家のサイズダウンによって、増えたものは、〝家族の時間〟だった。

個室が狭いので、みなななんとなくリビングにいる。前の家よりあきらかに滞在時間が長い。だからといってたいして会話や団らんが増えるわけではない。スマホやらテレビやら、それぞれ別のことをしている。そもそも子どもたちは部活やバイトに忙しくほとんど家にいない。それでも四人が揃うと、なんだかほっこりする。いつもより一品多く作ろうかなと台所で腕まくりをしたくなる。

四月から長男は社会人になる。全員でちゃぶ台を囲むのもあとわずかだ。これまで広さや快適さを求めて、引っ越しを繰りかえしてきたけれど、そこに流れる時間の心地よさは、それらのスペックとは別の次元で決まるのではないかと、今頃悟っている。

さて、今欲しいのはオットマンである。リビングのソファに座る時間が増えたからだ。ほかに、ウイスキーを楽しむグラスも欲しいし、テラスにデッキを張ってテーブルも置きたい。減らすどころか、増えるばかりだ。どれも、居心地のいい時間を過ごすための道具ばかりである。家事を短縮する家電や、増え続ける衣類や本の収納家具が欲しかったかつてと違い、自分が過ごす時間の充実に、興味が変化している。お酒や読書の時間が増えた。子育てが一段落し、夫婦ふたりの生活が近づいていることを感じる。

一時期、減らすことこそ美徳と考え、モノが多い自分の駄目加減に落ち込んだものだが、今はオットマンのように、日々を穏やかでゆったりした気持ちにさせてくれる、一見余計なものが増えるのも悪くないと思っている。

家事、仕事、子育て、人付き合い。ずっと全力疾走で、毎日に余白もあそびもなかった。それはそれで輝いていたけれど、これからはちょっぴり、あそびを足したい。部屋など小さかろうが狭かろうが、心にあそびがあると、毎日はもっと居心地良くなると、幾度かの引っ越しでわかったので。

6

家の中のちょっぴり面倒なこと

ていねいに、
まめまめしく、
丹念に暮らさなければ
ならない空気に満ちた
今の世の中は、
毎日てんてこ舞いの
母たちには、
少々窮屈だ。

真夜中の味噌作り

長野で生まれ育った私は、中学時代のある日、母と同級生のＩ君の家に行った。Ｉ君ちの自家製味噌がとてもおいしいと評判だったので買いに行ったのだ。彼の家は味噌屋ではなく普通の農家である。だが、自宅用に漬けた味噌の味が評判を呼び、望む人には実費で売るようになったらしい。私はその時初めて、味噌はスーパーの四角いプラスチック容器に入っているのが全てではないと知った。普通の家庭で手作りできるものなのだと。残念ながら味は覚えていないが、手作りという衝撃だけは覚えている。地方には、どこにも地元の人だけが知る保存食の達人がいるものだ。

数年後、私は上京した。東京生活は故郷で過ごした歳月よりはるかに長くなった。味噌を作ってみよう。そう思い立ったのは今から一〇年ほど前のことだ。たまたま加入していた生協の注文用紙に『味噌セット』という商品が載っていた。

大豆、塩、麹《こうじ》。え、それだけ？　すぐさまネットで味噌の作り方を調べた。大豆をゆでてつぶし、塩と麹と混ぜて味噌団子を作る。それを保存容器に入れ、塩で蓋をする。半年後には出来上がると書いてある。あの複雑な味がこんなシンプルな材料でできるなんてと驚いた。これならめんどくさがりの私にもできるかもしれない。ためらいなく注文用紙に丸をつけた。遠くにI君の顔が浮かんだ。少し甘酸っぱい気持ちになった。

生協からセットが届くと、すぐ作業に取り掛からねばならない。麹が発酵してしまうからだ。水に浸した豆を圧力鍋で煮て、すりつぶす。一年分を仕込むとなると、煮るだけでも圧力鍋を何回も火にかける。煮てはつぶすの繰り返し。家族が寝静まってから、深夜の台所でやり始めた。なんだかそのほうが集中できるからだ。すりつぶす。混ぜる。丸める。空気を抜くため味噌団子を叩きつけるように容器に投げ入れる。無心で楽しい。家中、大豆のほのかに甘い匂いがたちこめる。

私はラジオをつけた。『NHKラジオ深夜便』という番組を初めて聴いた。騒々しいCMがなく、ベテランの女性アナウンサーが、穏やかな口調で「今、お仕事をされている運転手の皆さん、どうぞ安全運転で」と優しく語りかけていた。私の知らない深夜の世界。豆と戯《たわむ》れながら静かに宵《よい》が更けていく。

私の手作りを家族が一年間食べる。混ざりもののない納得の材料だけで作った、世界でひとつの味噌を一年分確保できる喜びと達成感は、想像以上に大きい。この白い味噌玉が熟成して褐色になる頃はどんな味になっているだろう。その頃は運動会があるな。今年の娘は一等賞とれるかな。おいしくできたら両親にもちょっと分けてあげようか。そういえばＩ君、元気かな……。味噌と向き合いながら自分の中のいろんな記憶と対話をする。その時間が心地よくて、その後毎年漬け続けることになったのかもしれない。

もちろん出来あがった味噌はとんでもなくおいしい。あんなにシンプルな材料で、たった一晩の仕込みなのに毎日一年間も、この小さな喜びを味わえるなんて、こんなお得なことがあろうか。昔ながらの保存食作りは、面倒で大変とは限らない。だったら忙しい農家の主婦ができなかったはずだ。簡単でおいしくてお得で、いいことづくめだ。

秋冬に仕込むと、気温が低いためゆっくり熟成し、味に深みが出るという。そろそろラジオをつけ、いろんな思い出にひたりながら豆とのひそやかな夜を楽しむ季節である。

食器洗いの、きのうとあした

子どもたちがまだ幼かった頃は、よく夫婦喧嘩をした。

理由の大半は、家事をどちらがやるかであった。大の大人がなんとも情けない話である。夫は映画業界、私は出版の世界で、互いにフリーランスになりたてだった。そのうえ長男が生後三ヵ月から仕事を再開し、四歳違いで長女が生まれた。育児、仕事、家事が団子状態で襲いかかる。子どもを寝かさなければならない二一時頃が疲れのピークとなり、互いにイライラしてしまう。

「お皿洗っといて」

「あとでやっとくよ」

「あとっていつ？　そう言いながらいつも朝まで洗わないじゃない」

「朝洗ったって、きれいになれば同じだろう」

「起きてすぐ、汚れたシンクで離乳食を作る人の気持ちになってよ！」

こんな非生産的な言い合いを延々毎晩繰りかえすのである。そう、とくに皿洗いはいつも揉める筆頭であった。

ある日、私は考えた。こんなことで毎晩言い争うのは疲れるだけだ。よし、食洗機を買おう。たとえ少し値が張ったとしても、長く使えば元はとれるし、なにより言い合いがなくなるならハッピーではないか。夫は二つ返事だった。彼もよほど疲弊していたに違いない。

かくして狭い賃貸アパートのシンクには不釣り合いなほど大きな据え置き型の食洗機が我が家にやってきた。当時は食洗機が発売されて間もない頃で、なんだかやたらに大きくて場所をとった。

翌年、思いがけずコーポラティブハウスを買うことになった。前述のとおり、居住者同士で土地を共同購入して、各戸完全自由設計で建てる方式の集合住宅である。限られた予算を必要な設備だけに充《あ》てられるので、ローコストで合理的な住まいを入手できる。私たち夫婦は迷わず、高熱で一二分で洗い上げる業務用食洗機を導入した。それによって、予算が足りず、浴室乾燥機などあきらめなければならなかったが躊躇はない。夫婦間のギスギスが減る精神的安らぎのほうが大事だった。前のアパートでさんざん助けてもらった食洗機は、夫の職場の新婚夫婦に譲った。「食洗機君」と呼びたいくらい、毎日の家事の心強い相棒だった。

その後しばらくして、いろんな事情でしばらく知人に部屋を貸すことになった。越した先は、築四〇年の純日本家屋。食洗機はない。こうして私は約一〇年ぶりに手で皿を洗う生活に戻ったのである。

子どもは七歳と一一歳になっていた。バタバタと慌ただしく子どもたちが登校したとたん、家には静寂がおとずれる。

夫と手分けして部屋を片付け、洗濯物を干し、皿を洗う。さらさらと流れる水道の音。一枚一枚ピカピカになっていく皿や椀を積む達成感。きゅっと蛇口を締め、濡れた手を手拭いで拭き取り、朝家事終了。さあ、仕事だ。今日も一日がんばろうと気持ちを切り替える。


気づいたら、あれほど目の敵にしていた皿洗いが、オンとオフ、生活と仕事を区切る句読点になっていた。いつしか私は、流水の音を聞きながら今日一日の仕事の段取りを考えるその時間が、むしろ好きになっていたのである。

家事に向き合う時間や気持ちは、生き物のように変遷する。そのときどうしても欲しいと思った家電が、何年か我慢したら、そうでもなくなるかもしれない。逆に、年をとったら便利で必要なものも出てくるだろう。

家事を助けてくれる家電との付き合い方や必要性はそのときどき、ライフスタイル、家族構成、年齢によって変化すると学んだ。

だから上手に頼ったり手放したりしながら、自分が心地良い落としどころを探るのがいい。画一的な「これが便利です」という情報は聞き流して、自分の生活に必要なものだけを選び取る審美眼が大事なのだ。

さて、我が家は半年前、九年ぶりにコーポラティブハウスに戻った。いちばん「ああ古巣に戻ったなあ」と実感するのは業務用食洗機を使う瞬間である。夫も同じことを言った。

「楽だなあ、こいつは。なんでも入って」

たかだか皿洗いぐらいで、真剣に言い争った日々が今はどうしようもなく懐かしい。過ぎていく時間はみな思い出になる。いいことも悪いことも。

老後は少しの器をこの大きな食洗機で洗うんだろうか。いやもう、三〜四分の手洗いですんでしまうかもしれない。考えたらちょっと淋しいけれど、そんな日がくるまで、食洗機君とは仲良くしておこう。

心地よさの正体

家事はだれのため、なんのためにするんだろう。家族や自分のため。みんなが心地よく暮らすため。だいたいそんな答に落ち着くと思う。

では、その「心地よさ」とは、なんだろう？

耳あたりのいい言葉だが、このひとことのために、意外と日々大きな努力が必要だったりはしまいか。

家族みんなが心地よく暮らすには、きれいに片付いた部屋で気持ちのゆき届いた食事を作り、ゆったり過ごす。文字にすると何行かで終わるが、家事という作業を実際にすると、「心地よい空間」に整えるためにけっこうな時間と手間が必要だ。

私は、ときどき思う。――「心地よさ」が負担になってはいけない。

自分の思う「心地よさ」がゴールであって、それはだれかが〝こんな感じ〟と決めるものではない。

だが私たちは、ふだん目にするさまざまな情報を通して「心地よさ」のゴールを間違って設定しがちだ。だれかの素敵な暮らし。あの人の居心地の良い空間。このソファとこの椅子の組み合わせ。それらは「心地よさ」の一つの提案であって、すべてではない。

こう気づいたのは、じつは最近のことだ。私はずいぶん長い間、この、自分ではないだれかの決めた「心地よさ」の提案や定義に振り回されてきた。

しかし、毎日の家事は待ってくれないどころか、次々小波のように押し寄せてくるし、ふたりの子どもが幼い頃はそれこそ毎日がへとへとで、いったい自分はいつになったらゆっくり夜のニュースを見られるのだろうかと、他愛もないことで立ちすくんだ。

共働きで夫も同じ環境なのに、なぜ私だけと恨んだこともあるし、夜泣きをする娘に閉口して家族に当たり散らしたこともある。

そういうたくさんの失敗の日々を経て、心地よいというのは、自分が笑顔でいればいいんだということに気づいた。夕食がインスタントラーメンでも、部屋が多少散らかっていても、取り込んだ洗濯物が山と積まれていたとしても、自分が笑っていればだいたい家族は落ち着く。家族の間に丸く穏やかな空気が流れる。それが我が家の「心地よい」ってことだ。

人生の謎は、生活の折り折りのふとした瞬間に、ふと解けたりする。あのときわかっていたら、イライラせずにすんだのに、もっと子育てを楽しめたのに、と思うが、そう気づいた頃には、子どもはその手から離れているかもしれない。

だからおもしろいのだし、だからたまらなくせつないのである。

娘のハグ

しつこく書いて恐縮だが、私にとって、〝自転車の前に大きな買い物袋やマザーズバッグ、後ろに子どもを乗せて、びゅーんと行く若い母親の背中〟は、子育ての象徴である。その背中を見るたび、「今は大変だけどガンバレー」と声をかけたくなってしょうがない。

通行人やドライバーから憐れみにも似た表情を向けられながら、二輪の、あんな心もとないアナログな乗り物に子どもを乗せて移動せねばならないほど、圧倒的にお母さんたちは忙しいし、余裕がないのだ。でも、必ずその日々に終わりは来るから、がんばってねと言いたくなる。

私たち親は、最初から母や父だったわけではない。育児は、慣れない親業という行き先のわからない電車に飛び乗り、駅を通過するごとに手探りで、少しずつ乗り方や旅のしかたに慣れていくようなものかもしれない。

ところで、それほど親業は大変なのに、雑誌などで「暮らしを整えましょう」

「ていねいに暮らしましょう」という文字をけっこうな頻度で目にする。いやむりだ。整えるどころか、最低限をこなすだけでもいっぱいいっぱいなのに、もっときちんとなんてむりと、弱音を吐きたくなってしまう。

我が家は子どもが大学生と高校生になったので、少しばかり通ってきた道を俯瞰《ふかん》することができる。振り返ってみると、なんとまあ毎日がバタバタであわただしかったことか。「きちんと」の思いきり向こう岸で、先の季節どころか明日のお昼や明後日の夕ご飯の心配をしながら綱渡りで生活してきたようなものだ。

漬け物などもしてみたいが、二ヵ月後に漬かる食べ物の世話をすること自体、現実味がない。気がつくと夏休みで、ふっとカレンダーをみるとクリスマスが近づいていたりする。そんなジェットコースターに乗ったような感覚が、働く新米母としての日常だった。

しかし、手をかけようがかけまいが、子は育つ。もう少し手をつないでいようよとこちらからお願いしたくなるくらい、あっというまに大きくなってしまう。

娘が最後に私に抱きついてきた日のことをはっきりと覚えている。四年前の地元の駅前だ。仕事帰りに、中学から帰宅途中のセーラー服姿の娘を見つけた。名を呼ぶとくるりと振り返り、「あ、ママ！」と駆けよって私の肩に手を回し、とびついた。ぎゅっとしがみつく腕の意外な強さ。思春期の女の子の甘い匂い。そろそろ高さが私と変わらなくなってきた上背《うわぜい》。いつまでこうして抱きついてくれるかなと思ったのは、心のどこかでこれが最後かもしれないと予感していたからだろう。

今は私の体型に容赦のない辛口コメントをする彼女に洋服選びを手伝ってもらったり、二人で旅行をする。幼い頃とは違った種類の絆が育ちつつあるのを感じる。彼女が大きくなるのと同時に、手がかからなくなった時間を、暮らしの方にいくらか配分できるようになった。手が離れるのと並行するように、味噌、梅干し、梅ジュース、らっきょう漬けなどが始まった。

とはいえ、まだまだ整えたり、ていねいに過ごすまでには至っていない。子どもの行事は忘れるし、今日のおにぎりは固かった、長野のおばあちゃんのにぎったほうがずっとおいしいなどと言われる。

それでもいいと思っている。そんな時間さえ、あとわずかなのだから。

二〇年やって少しはお母さんのプロにちかづいたかもしれないが、暮らしのプロになるにはもっと年季がいる。

なにせ対象はオールラウンド。衣食住全方向に目を向けなければいけない。どのくらい修業を積んだら、暮らしを整える素敵な人になれるのだろうか。

ゆっくり取りくむのはこの先も難しそうだが、楽しみながら自分流に楽で心地のいい方法を編み出していくことはできる。

最近、尊敬する九〇代の家事評論家の女性にお会いしたら、暮らしにルールなんてない、年をとればとるほど、そういうことにこだわらなくなっていくもの、自分が楽ならそれでいいのよと言われた。

なあんだ、そうかと思ったら、少し肩の力が抜けた。

女友達はいますか

長くスペインに暮らしたことのある七〇代の版画家の男性から、こんな言葉を聞いた。

「若いころは毎晩パーティをしたり飲み歩いたり、友達がたくさんいた。さんざん遊んだあと、友達と朝方の三時に、バルセロナの露店でチュロスを買って食べるのがまた楽しくてね。でも、年をとった最近は思うんだ。友達は親友が一人いればいい。もうそんなにたくさんは必要ない」

喉が嗄《か》れるほど喋って笑ったあとの明け方、友達とわいわい甘いチュロスを食べるのはさぞ楽しかったことだろう。学生時代、オールナイトで遊んだあと、何をしても笑えたあのころ。そんな日々が毎晩続くのは刺激的だ。

でも、母になり、子育ても一段落つきつつある今は、彼の心境がよく分かる。そう、友達はたくさんいらない。ほんとうに心を許せる友が何人かいればいい。

SNSのおかげで、人と人が会いやすくなった。招集、出欠、実施までの段取りが早い。懐かしい人とも、躊躇《ちゅうちょ》する間もないほど簡単に再会できてしまう。会ったあとも、「楽しかったね」と、再会の余韻をシェアできる。きっと、そうして繋がりあった人たちがみんな本当の友達ではない。

便宜上あてがわれた「友達」「友達の友達」という語句を見るとき、たまに版画家の言葉を思い出す。「友達はもうそんなにたくさんいらないんだ」。


親友の定義とはなんだろう。何でも話せる存在か。私は、何でも話せるうえに、相手が間違ったことをしたら、きちんと叱れる人がそれだと思う。

大人の女は、損得や相手との比較や妬《ねた》みや嫉妬が邪魔して本当の親友を作りにくいように思う。ご近所であれ、公園であれ、仕事場であれ、子どもの学校であれ、張り合おうなんて思ってなくても、つい無意識のうちに相手を羨ましく思ったり、自分にはないものに憧れたりする気持ちは私にもある。

一五年前、仕事で知り合った友がいる。年下の彼女は会ったときは独身だった。対する私は二人の子育てに大わらわ。夜遅くまで飲んだり、ライブなど優雅な独身ライフを送る彼女を羨ましく思いながらも、環境は全く違うのに、不思議と馬が合い、いつしか飲み、語り、国内外を旅し、互いの実家を訪ね、折れそうなときは支え合う存在になっていた。

その彼女に、先日も叱られた。その年でなにやっているんだ、と。詳細は省《はぶ》くが、あんたは間違っていると、はっきり忠言するそのまっすぐな気持ちが胸に刺さった。だからといってすぐには直せないのだが、それでも言われた言葉は心の深いところに刻んだ。

できれば波風を立てずに生きたいと誰もが思うなか、叱咤をするのは大変な勇気とエネルギーがいる。褒めるよりずっと難しい。

親以外、大人を叱ってくれる大人はそうはいない。だからかけがえがない。


今、小さな子を育てていて、幼稚園や保育園のママたちとお付き合いをまめにし、ご近所や姑ともうまくやり、習い事やその他もろもろバランスをとることに一生懸命で、もしもがんばりすぎて少し疲れている人がいたとしたら、頭の隅にメモしておいて欲しい。そんなに〝いい人〟をがんばらなくていいし、友だちをたくさん作らなくても大きな支障はない。

たとえば、子どもを育てるときの仲間は、一定の時期、同じ目標に向かって支え合う同志のようなもの。〝友〟ではなく〝ママ仲間〟という気がする。その仲間は大事に。でも、子育てを卒業した先も自分の人生は続く。そのとき、叱ったり励ましたりできるような友がひとりかふたりいれば、きっとゆたかな日々を送れる。

そんなかけがえのないひとりふたりの友だちと、バルセロナの明け方、チュロスを食べた版画家の彼のように、お酒を飲んだあとにラーメンでも食べて、ゲラゲラ笑える夜が年に一～二度あれば、人生結果オーライなのではないかと思っている。

すべては古い帳簿箪笥《ちょうぼだんす》から

古道具に目覚めたきっかけの、はっきりした記憶はないが、おそらく京都で買った帳簿箪笥だ。

結婚五年目で、そのときは狭いアパートに、おもちゃのような間に合わせの家具をとくにこだわりのないまま配置していた。

そんなとき、たまたま『白洲正子の旅』という本を少し手伝うことになった。白洲正子の作品から好きなものをひとつ選び、その足跡を辿《たど》りながら紀行文を書くという仕事である。二〜三作、流し読みしかしていなかった白洲作品をこのとき初めて片端から読んだ。なにせ、ひとりで旅をしなければいけないので、どこへ行くべきか、どう追体験ができるのか、読むのにも熱が入る。

読み進めるうちに、古道具や骨董の魅力にとりつかれた人の喜びや興奮が自分の意識の中にもじわじわとしみこんできた。結果、美濃地方を選んだが、以来、古道具についての興味は高まるばかりである。なかでも白洲さんが通った京都・縄手通りの骨董店にはどうしても行きたくなった。夫の実家がすぐ近くなのだ。

帰省の折、見物気分で、古道具に全く興味もない夫と共に縄手通りを散策した。白洲正子や小林秀雄、川端康成の愛した由緒正しい骨董店とともに、瀟洒《しょうしゃ》な古い家具を置く店、古伊万里だけを揃えた店など、京都独特の気品が感じられる店が点在していた。人の姿も少なく、水を打ったように静かで、そぞろ歩くだけで気持ちが落ち着く通りだった。

そこで、ふらりと立ち寄ったギャラリーのような小さな家具店で、帳簿箪笥を突然買ってしまったのである。そんな大きな買い物をするつもりなど私たちには微塵《みじん》もなかった。なのに、気がついたら、なけなしのクレジットカードを使い、商家で帳簿を入れるのに使われていたというその古い箪笥を我が家に迎え入れる手続きをしていた。

なぜ、あのときこれを買ったのか。その前年に二人目の子どもが生まれ、家族四人の生活がスタートした。ちょうど、コーポラティブハウスという、住人同士で建設組合を結成して建てる集合住宅づくりに参加したところだった。予算もなく、新しい住まいに家具を買い足す余裕はなかったが、これだけは新しい家に欲しいと強く思った。

大小の引き出しがたくさんあり、滑りがいい。昔の家具職人の技術の高さが素人の私にもわかる。なにもかもが新しいピカピカのマンションに、誰がつけたかわからない古傷があちこちにあるこんな家具があったら、きっと心が和《なご》むだろうなあ。今、振り返るとたぶんそんな風に思ったのだろう。

横九〇×高さ一〇〇センチのサイズ感はこぶりで、マンションに合い、幾通りにも使える。

実際、その箪笥がやってくると、まるで前からそこにあったかのように首尾良く収まった。少々乱暴に開け閉めしてもびくともしないし、傷も気にならない。古い家具は緊張をしなくていい。

以来、一六年間、乳児用の布巾やミニタオル→小学校の書類や写真→文房具→電球などの日用品のストックや取扱説明書と、子どもの成長とともに、収納する中身が移り変わった。ちなみに現在は、保険証・電球や電池・ガムテープなど梱包用品・録画用のＤＶＤをしまっている。どれも、家族全員のこまごました共有物だ。それらがちょうどよく収まり、具合がいい。

思えばこの家具は、いろんなものを入れたり出したりしながら、我が家の暮らしにずっと寄り添ってきた。その前に、どこでどんな人が使っていたのか。引き出しの裏側に鉛筆でテレビアニメのキャラクターの落書きがあったので、もしかしたら商家から、別の小さな子どもがいる家にひきとられたのかもしれない。あるいは稼業が京都の呉服屋で、落書きをした孫は三代目だったりするのかも。想像は無限に拡がる。家から家へ。家族の物語は持ち主とともに引き継がれる。

器でも洋服でも、古道具を使うということは、それまでそれを愛して使ってきた人の歴史に、自分の歴史を足すということだ。箪笥だけが知っている、市井の人たちの営みの歳月に思いを馳せる。

私が今も塩梅よく使えるのは、その人達が大事に使ってきてくれたからだ。どんな人か知るよしもないが、ありがとうの気持ちが加わって、より愛着が増す。

白洲正子の言葉に、次のようなものがある。

――日本の道具は、焼きものでも木工でも、人間の愛情を必要とする。

人との付き合いによって、ものは育つと再三綴っていた。ここでいう〝育つ〟とは、味わいが増すという意味であろう。

とすれば、京都で誰かに愛されてきた名もない小さな古い箪笥は今、東京の我が家で日々育っている。古道具との付き合いは滋味深い。

魔法の言葉、「今日どこ行く？」

長男22歳
長女18歳

土曜日の昼下がり、三軒茶屋の安くておいしいタイ料理の定食屋に入った。ランチタイムを過ぎていて、客は私たち夫婦と若い男性四人組だけである。小さな店なので、客の会話が聞こえてくる。どうやら社会人一年生のようだ。

久しぶりに大学の同級生と会ったらしくリラックスした雰囲気で盛り上がっていた。その中のひとりが言った。

「〝今日どこ行く〟って、最強の言葉だよな」

ああわかるわあ、それと、他の三人が今までより一段大きな声で応《こた》えた。くだんの彼が続ける。

「おれ、大学のとき、起きたら今日なにしよっかなーって考えるのが朝一番最初にすることだったもん」

「そうそう。ボウリング行こっかなー、新宿行こっかなーとかな。まずはあいつにラインで何するか相談しよう、みたいな」

「毎日時間だけは死ぬほどあったからな」

四人につられて、私まで笑いそうになった。そうそう、学生ってそういうものだ。時間だけはありあまっている。今日も明日も明後日も、たいした予定はない。授業とバイトと遊ぶこと。そんな贅沢な時間が四年間もあるのだ。

「社会人になると土日はクリーニング屋に行ったり、食料の買い出しに行ったり、けっこうやることあんだよな。俺、休みにこういうとこでランチするの、すげー久しぶり」

「土日に研修ひっかかったりするしな」

ひとしきりそれぞれの仕事状況の話があり、だれともなくつぶやく。

「ホント、よかったよな」

あのころ、という言葉をあえて言わない彼らの気持ちが痛いほどわかった。予定のない日の連続だった幸福な過去にはもう戻れない。社会人の今は、会議や決算やいろんな予定の詰まった日々を生きている。今日の今日、することがないなどという日はこれからもないのだ、たぶん。

定食を食べ終えると、「じゃあ行くか」とひとりが立ち上がった。

「おお、行くべ」

「今日、何する?」

四人がどっと笑った。

「とりあえず、風呂行って考えよーぜ」

スパかなにかにいくのだろう。小さなバッグを抱え、わいわい言いながら出ていった。

夫と目が合った。

「うちらにもあったよね、ああいうころ。たしかに今日どこ行くってホント、最強の言葉だね」

夫とは一九歳のとき、同じ学生寮で知りあった。ただただ無限に時間だけが横たわっていた時代の共通言語を、ぎりぎりわかり合える。

サラリーマンだけではない。子育てをしている主婦だって同じだ。子どもの習い事の送迎、家事、ご近所付き合い、PTA。午前中公園で子どもと遊んでいる母親たちは優雅に見えるかもしれないが、そこに行くまでに掃除や洗濯を済ませて体を空けてくる。子どもを昼寝をさせている間に夕ご飯を用意したり、洗濯物をたたんだり。帰宅後も、誰にも毎日、いろんな予定がつまっているのだ。

「今日どこ行く?」なんていう日はほぼない。

ところが、である。

先週、ある日不意に、私の人生にそんな日がやってきた。

日曜日の朝。いつもより遅めに起き、布団の中でぼーっとしていると、夫は先に起きていて、どこかへ行く仕度をしている。

「どこ行くの？」

「映画、見ようと思って。見そこねてたやつ、あそこの映画館でまだやっているみたいだから」

「ふーん」

ねぼけまなこで今日の予定を思い出す。と、気づいた。何も予定がない。子どもの行事も、友だちとの約束も、平日にやり残した仕事の残りも。不意に予定外の言葉が口をついて出た。

「私も行こうかな」

「一〇時からだから、行くならもう仕度しないと間に合わないよ」

そこから飛び起き、急いで身支度を済ませ、二〇分後には家を出ていた。歩きながら考えた。朝起きたときに思いついた場所に行くのは何年ぶりだろう。

おそらく新婚時代はあった。だが子どもが生まれてから今日までほとんどなかったのではあるまいか。

人生は巡るのだなあとしみじみ思った。毎日家族の誰かの用事に合わせて過ぎてきたが、こんなふうにぽっかりと何もすることのない日がやがて誰にも訪れるのだ。子どもが巣立ち、夫婦二人だけになったらこんな日はもっと増える。

今、子育てや家事や仕事に追われ、息つく間もないお母さんたちにも伝えてあげたい。そういう日はいつか必ず終わりが来るし、過ぎてしまえば光陰矢のごとし。本当にあっという間なのです、と。

「今日どこ行く？」が言えるありがたさは、過ぎてみないとわからない。同様に、自分の手が必要とされる家族のために毎日やることが目白押しという日々の充実感やかけがえのなさも、過ぎてみないとわからないものだ。

還暦という字の「還」は「元の位置・状態に戻る」という意味がある。つまり暦が戻る。人生は巡り巡って元に戻るのだ。還暦は先のことだが、この字は、今ある今日が永遠ではないということを教えてくれる。しんどいことや、余裕がなくてイライラしがちなときにちょっと思いだしてもらえたら嬉しい。

さて、あの四人組は風呂のあと、どこへ行ったのだろうか。

7

父、母。家族は巡る

上京二〇余年。
東京での暮らしが、
故郷で過ごした歳月より
長くなっても。

秘密の母の夢

長男7歳
長女4歳

ミセス雑誌の編集をしていた頃、新年号用に「あなたの夢」という読者アンケートをとったことがある。四〜五〇代女性のアンケートが足りないということで、急遽田舎に住む母にも協力を請うた。

「そんなテーマ恥ずかしいよ」「お母さんの答え、私は見ないって約束するからさ。無記名でいいからお願い」というような会話の数日後に、果たして母の回答が一枚ひらりとＦＡＸで送られてきた。

母の字だとすぐにわかる。案の定、好奇心に勝てず早々に回答欄を覗いてしまった。

「もし今から何か新しいことを始めるとしたらどんなことをしたいですか？」

たしかこんな内容の質問が最後にあったと思う。母は、自信なさげな小さな字でこう書いていた。

「保育園に入れなかった小さな子の託児所をやりたいです」

吹き出すように涙がこぼれた。たった一行だが、そこに母のすべてが在《あ》った。

共働きの我が家は、待機児童があふれる東京の区立保育園になかなか入園できず、長男が〇歳のときからベビーシッターさんやら無認可保育園を渡り歩いた。やっと入園できた以降も、不規則勤務ゆえ私の仕事が長引くときは、長野から母に上京してもらって子どもを見てもらった。そういう生活が上の子と下の子合わせてもう七年も続いている。

娘の危なっかしい綱渡りの生活を傍らから見て、長野にも共働きで預け先に困っている母親が多かろうと思ったに違いない。実家の近くなら、そういう新米の母親たちの力になれるのではないかと。

保育士の免許さえない母のこと、無記名アンケートだからこそ叶うことのない夢を率直に綴ることができたのだろう。陶芸、ジム、夫と海外旅行……。他の読者の華やかな夢に比べて、なんて地味でわかりにくい夢だろう。「保育園に入れなかった小さな子」なんて、私にしか意味通じないじゃない、お母さん。そうひとりごちつつ、心の中でお辞儀をして、アンケートをしまった。

愛情のバトン

長男15歳
長女11歳

核家族の共働きなので、子どもが幼い頃から、長野の両親の手を借りてきた。「子どもが風邪をひいて保育園に行けない。だけど私も夫も仕事を休めない」と泣きつくのが前日でも、「よしわかった」と高速バスに乗ってかけつけてくれた。泊まりの仕事や、終わりが読めない撮影の仕事などは、あらかじめ子守を頼む。そのたび、上京して我が家に泊まり込みで面倒を見る。上京の回数はこの一五年間で、五〇回、六〇回ではきかないはずだ。気づいたら、母がちゃっかり新宿の百貨店の会員カードを作っていて、驚いたこともある。買い物のほとんどは地下の食品売り場である。料理をする時間もない私に代わって、ふだん若い夫婦は買えなかろうと、上等な肉や魚を買い込んでは孫に食べさせてくれた。母のカードは私よりポイントが貯まっていて、そのポイントの数だけ上京してくれたのだなあと思うと頭が下がる。

にもかかわらず、恥ずかしい話だが、私と母は相性が悪い。ややもするとすぐ口喧嘩になるし、一〇代の頃は一日でも早く実家を出たい一心で、県外の短大に進学したくらいである。

性格が似すぎているからなのかもしれないが、父は、「お前たちは一緒に暮らせないな」と言う。本当にそうだなと自分でも思う。そんなふうにして、いろんな場面で言わなければいけなかったはずの「ありがとう」も、言えぬまま時が過ぎてしまった。子どもたちも、上が一五歳、下が一一歳と、風邪をひいても一人で寝ていられる年齢になり、実家にヘルプを頼むことはめっきり減った。妹も嫁ぎ、今、老親は広い田舎の家で二人で暮らしている。

介護の必要が出てきたら、仕事のある私たち夫婦はすぐにかけつけられないので「東京で二世帯住宅に住もう」と持ちかけたこともあるが、「都会はいやだ」とキッパリ断られた。いやならけっこうと、こっちも大人げなくへそを曲げた。

そんなこんなの日々の中、先日、久しぶりに娘を三日間、長野の実家に預かってもらった。私は仕事で、娘を預けたまま長野からとんぼ帰り。最終日は、両親が娘を車で東京まで送り届けてくれた。せっかくだからと二人は我が家に宿泊。その日ばかりは、腕によりをかけて私が料理を作った。「おばあちゃんたち、今日が結婚記念日らしいよ。だからご馳走にしてあげて」というメールが、こっそり娘から届いていた。娘は二人の会話をどこかで耳にしたのだろう。サプライズのお祝いをすることにした。

息子と娘でバラの花を一輪買ってきて、料理ができあがったところで「結婚記念日おめでとう」とプレゼント。娘はそれぞれに手紙を書いて渡した。おみくじ風のレイアウトになっていて「健康‥絶対長生きする。待ち人‥もういる」などと書かれていた。

「あらまあ！　なんてこと！」と、母はもう目を赤くしている。

「こんな嬉しい結婚記念日は、生まれて初めてだ」と、父。

私も、ついぞここまで両親のその日を知らずにきた。

「教えてくれてありがとう」と娘に目配せをした。

「さあさ、どうぞ」と居酒屋の女将《おかみ》さんのように娘がきどって父にお酌をしていた。

茶の間は笑い声に包まれた。シアワセってこういう瞬間のことを言うのかもしれないなあと思った。私が言いそびれた「ありがとう」を娘が代わりにやってくれた。もうそれだけで十分、娘は生まれてきてくれた意味がある。こんなにもおじいちゃん、おばあちゃんを喜ばせてくれたのだから。

家族はホームドラマのように和気藹々《わきあいあい》とはいかない。なにか事件が起きて、泣いて叫んで、最後に丸く収まったりもしない。もっとややこしくて、めんどくさくて、煩《わずら》わしかったり、重荷だったりすることもある。

愛情のパスは、一八歳で実家を離れた私のところで途絶えそうになったが、核家族という小さな単位でも、営みを続けていればいつか、バトンは繋がっていく。ドラマのように一時間ではまとまらなくても、二〇年、三〇年時間が経てば、ややこしいなりに「この家族で良かったな」と幸福に思う瞬間が来る。

ほかの親子はもっと仲良しなのだろうけれど、大人になりきれてない私には、新鮮な出来事だった。

翌朝。父は「車内のエアコンで枯れるといけないからな」と、一輪の薔薇を大事そうにトランクに置き、「じゃあ元気でな」と長野へ帰っていった。

梅としそのささみフライを揚げながら

長男18歳
長女14歳

突然、鶏のささみフライが食べたくなって作り始めた。部活や塾で夕食もバラバラになりがちな我が家の四人が、全員揃いそうだとわかった日曜の夕方のことである。

ささみを観音開きにして、しそと梅干しペーストをはさみ、くるくると巻いて、水溶き小麦粉の糊《のり》で留める。次に、小麦粉・溶き卵・パン粉の順につけて油でフライにする。鶏は中まで火が通りにくいので、揚げたものをトースターで二分ほどかりりと焼き上げた。じつは初挑戦で、簡単かと思ったが、予想外に手間がかかって驚いた。

高校三年の食べ盛り男子がいるので、大皿に山盛り作る。結局一時間ほどかかり、揚げ終わる頃には、油の熱気にやられ、へとへとになっていた。

――揚げ物って疲れるなあ。

うらめしく、フライパンの油を見つめる。

その瞬間、ふと母のことを思い出した。母はどんなものも上手に揚げて、さくっ、かりっとした食感に仕上げる。母自身、揚げ物が好きでよく作った。ところが、中学生の頃からだんだんそれを疎《うと》ましく思うようになった。カロリーを気にしだしたのである。

学校から帰宅すると、玄関まで臭ってくる油の匂いに「ま～た天ぷらあ～？」と、ぞんざいな言葉を投げた。

それは大人になっても変わらない。子どもが小さい頃、取材や〆切りが重なると、しばしば田舎の母にベビーシッターを頼んだ。母は、初孫会いたさに、三時間かけて上京してくる。料理や子守をお願いして、私は半徹夜で原稿に没頭する。あるとき、夕ご飯が鶏の唐揚げで、翌朝は野菜の天ぷらが並んだ。私はおもむろに「朝から揚げ物？」と顔をしかめた。母は一瞬、世界一哀しそうな顔をした。その直後、いつものように激怒して私を叱りとばした。

どう考えても、世界一愚かで、根性が曲がっているのは娘の私だ。いい年をして親に助けてもらっておきながら、文句を言うのだから。理屈ではわかっていても、どうしても苦手だった。朝から揚げ物は胸が焼けるし、もっとおしゃれでヘルシーなものを作ってほしいと思った。

しかし、今こうしてくたくたになりながらフライを揚げて気づく。下味をつけて、衣をつけて揚げて。揚げ物には、さっと煮たり焼いたりするおかず以上にたくさんの手間がかかる。

あのテレビドラマの続きはなんて、よそ事を考えながら揚げ物はできない。たくさんの間《ま》をつなぎながら、集中力を切らさないことが大切だ。おいしく食べてもらうために、おいしく仕上げることだけを願って作る集中力。

その間中、きっと母は、家族の顔を思い浮かべていたに違いない。おいしくできるといいな、沢山食べてくれるといいな、と願いながら。なぜなら、私がしそを巻きながらずっとそう思っていたから。

お母さん、ごめんね。私のことを思って作ってくれたのに、「また揚げ物？」なんて言って。「おいしいよ」って言わなくて……。一四歳の頃から溜まったごめんねが今、心の中に、富士山の雪みたいにつもっている。

と思ったら、中二の娘がささみフライ一個にしか手をつけず、「ごちそうさま」と席を立った。うん、わかるよ、太るのいやだもんね。

でも、きっといつかささみフライにこめた母の気持ちがわかるはず。

それまで「おいしかったよ、ありがとう」の言葉はおあずけにして待っておこう。

忘れられていたエプロン

あれは母の日だったのだろうか――。我が家は小遣い制ではなかったので手もとに現金がなく、子ども時代の唯一の母への贈り物だったことだけはたしかだ。

幼い頃、父の転勤のため、三～四年スパンで長野県内を渡り歩いた。松本市の住宅地からいきなり駒ヶ根市中沢という山間部の小さな集落に移り住んだときのこと。母は突然自動車の免許を取ると言いだした。

今もそうだろうが、地方は車社会だ。大人一人に一台のような状態で、車がないとスーパーにもどこにも行けない。とくにその集落は公共交通機関が未発達で、母は見ず知らずの土地で不便を感じていたようだ。もともと運動神経が鈍く、しかもその地域の自動車学校に通っているのは高校や大学を卒業した若者ばかり。そんななか、三八歳の専業主婦が通い出すのはよほどの決意だったに違いない。この年ですごいな、がんばってほしいなと私も心の中で応援していた。

母は、予想通りずいぶん長い間通っていた。新しい入校生を優先するためか、試験に落ちて再チャレンジの人の席は、教室の外のほうに追いやられるらしい。勢い込んでいた心の元気がどんどんしぼんでいくのが子どもにもわかった。そのうち、同じような年齢でなかなか受からない女性を見つけ、いつしか茶飲み友達になっていた。自宅に招き、たくあんをつまみながら、

「もうやめようかな」

と言う戦友に、

「ここまでがんばったんだからやめちゃだめだよ。がんばろうよ」

と励ましている。受かっていない母が言うのだから説得力がまったくない。

そうこうしてどうにか合格した初夏のある日。私は貯金箱のお金をかき集めて、学校の帰り、近くの洋品店で一番安いエプロンを買った。ちょうど母の日と時期が前後していたことだけは覚えている。予算が少なくて腰下エプロンしか買えなかった。それでも、初めて子どもから親に「おめでとう」と言って慰労の品を渡すという行為が嬉しくて誇らしかった。母はたいそう喜んでくれたが、この件でさきほど実家に電話したら、きれいさっぱり忘れていた。

「あら、そんなことあったっけ」

拍子ぬけしつつ、ふと尋ねた。

「なんでまた、あのとき免許を取ろうと思ったの？」

するとと意外な答えが返ってきた。

「あんたの中学、山の向こうで遠かったから。保護者会の行きは誰かの車に乗せてもらっても、帰りはクラスが違うと一人になる。乗せてあげると言われても、その人にとって遠回りになっちゃうから悪いなと思って」

山の中腹にある中学まで徒歩で四〇分。みなが車で往来するなか、一人でとぼとぼ山を下るのは確かに淋しかったろう。知っている人が誰もいない山あいの土地で、移動の足がないなか生活や子育てにしゃにむに奮闘していた母の三〇代に思いを馳せた。

今、私はその年齢をとうに越している。あのとき、なけなしのお金をかき集めて贈って良かったなとあらためて思った。だって、あの挑戦は私の中学に行くためだったのだから。エプロンの記憶が行方不明でも母を責めまい。

父と黒い釘のこと

　実家の父は日曜大工が好きで、今でも、ゴミ箱を載せるキャスター付き台などを頼むと、二つ返事で作ってくれる。

　私が子どもの頃は、週末はいつも軒先《のきさき》で工具の箱を広げ、ステテコに肌着姿でのこぎりと格闘していた。そして、一度作った物を壊してリサイクルするとき、必ず釘をていねいに引き抜き、曲がりを直し、佃煮の空き瓶にしまっていた。

「捨てないの？」

と聞くと、

「また使えるんだよ」

と言う。もう錆びて黒いし、新しいぴかぴかの釘がたくさんあるし、安いものなのだから、一度使ったものは捨てればいいのに、と子ども心に思ったものだ。

　やがて結婚した私の引っ越しの手伝いに上京した父は、のこぎりだのねじ回しセットだの、かんたんな工具一式をわが家に置いていった。「こういうもんも、ときには必要なときがあるだろう」と、言いながら。

そのなかに、佃煮のガラス瓶があった。予想どおり、黒光りしたあのリサイクル釘が新しい釘に混じって入っている。あらら、うちに回ってきましたか、となんだか可笑しくなった。この釘、いったいいつ、引き抜いたものかしらと思いながら。

あれから一三年経つが、いまだにその黒い釘はなくならない。この話にオチはなく、父も前述のとおり健在で、だからなんだと言われればそれまでなのだが、親が子どもに伝えることというのは、なにかすばらしい麗句や、ものではなくてもいいのだな、とその釘を見るたびに思う。夏の軒先で、額に汗しながら、母から頼まれた台所のしゃもじ掛けだとか、子どもの習い事の譜面台とか、そんなものを一生懸命、木でキコキコ作る父の姿は、いろんなことを教えてくれた。当時だってすでに、なんでも買える、ものが揃った時代だったはずだ。

釘も、父に限らず、昔の人は皆そうしていたに違いない。三センチの釘一本を引き抜いて、瓶にしまうという、途方もなく小さなリサイクルに、「もったいない」を大事にしてきた日本人の精神性が垣間見える。してみると、一本の釘も雄弁なものだ。

怒りは笑い返しで

長男21歳
長女17歳

正月を長野の実家で過ごした。息子は留学中、夫は亡父の整理で自分の実家へ。家族ばらばらで、初めて私は娘とふたりで四日間帰省した。

母は年のせいか、おしゃべりにさらに拍車がかかり、朝から晩まで話しっぱなし。テレビを見ていても「犯人は誰なの？」「この人、この間ワイドショーに出てた」と、止まらない。

この傾向は私の幼い頃からあって、テレビが聴こえないので音量のボリュームを上げると「うるさい」と怒られた。自室にテレビなどない。思春期はそんな些細なことが、イライラの原因になった。静かにテレビを見たいと心の底からひとり暮らしに憧れた。

そのため、家から独立さえすればなにもかもが解消されると思い込み、遠い街の短大に進んだ。

さて先日の帰省の話である。娘は好きなタレントの出る番組を端からチェックしている。ふだんは部活に遊びに課題にと忙しく、テレビを存分に楽しめないので、ここぞとばかりに朝から茶の間のテレビ前を陣取っている。

父と母は相変わらずおしゃべりが止まらない。耳が遠くなったのか、声もやたらに大きい。

夕方頃だろうか。母が娘に何十回目の同じ話をした。

「あの人、〜〜なんだよね」

内容は忘れたが、見ればわかる当たり前のことを新発見のように娘に教える。私は危うく、これみよがしに舌打ちをするところだった。すると、娘は好きなお笑い芸人の岡山弁を真似て、

「それはもう知っとるんじゃあ」

と、答えた。

わははと笑いがはじけ、母も「あら、そう。知ってるんだね」と照れて、少しだけおとなしくなった。

私も幼い頃、こんなふうにユーモアで切り返せていたら、一八歳で家を出なかったろうか。いや、それはないだろうが、ハリネズミのように全身をトゲだらけにして、いちいち母とぶつかっていたことが恥ずかしく思えた。

茶の間の団らんというのは、和やかなことばかりではなく、親への反発や、言葉にできない悶々や、ときにやり場のない怒りなども混ざりこむ。娘のように、私にも心の余裕と「おばあちゃん(母)はしょうがないな。もう年だもの」という慈愛があったら、もう少し楽しい茶の間の思い出が増えていただろう。

それにしても、意地悪な舌打ちをせずにすんで助かった。そういうときの母の耳はものすごくいいのである。聞こえようものなら、あそこから正月が修羅場になっていた。ドジなどという言葉では済まされない親子喧嘩、勃発の巻である。

親への愛情の示し方を娘から教わった正月。心に深く感ずる年明けであった。

メガネ紛失事件

長男22歳
長女18歳

今夏、仕事に集中するため一〇日間ほど実家の長野に帰った。〆切りまで時間がなく、「実家の親に食事の世話をしてもらって、仕事に集中したら？」という夫の計《はか》らいによるものだ。こう書くと聞こえはいいが、家中に資料が散乱している状況に、彼も疲弊しきった末の提案であった。

五日間以上実家で過ごすのは、長男の里帰り出産以来で二二年ぶりである。さらに、子なしの単身帰省は、一八歳で進学のため家を離れてから初めてということもあり、どこか新鮮な気持ちで、老親ふたりの生活を俯瞰した。

すると、なにからなにまでおもしろいことだらけ、不思議なことだらけで笑えた。まず、ふたり暮らしなのに、ものが多い。父は洋食をそれほど食べないのに、ウスターソースが三本もある。ドレッシングも三〜四本。器は、売るほど。大きなすいかに、箱一杯の桃。あれは誰が食べるのだろう。

何十年ぶりの親子三人生活に、母がやたらに料理をはりきる。朝から、唐揚げやフルーツが並ぶのには参った。おやつも午前と午後に必ず呼ばれる。頂き物のゼリーや煎餅が食べても食べてもなくならない。こちらはまぎれもない中年だというのに、親のなかでは小学生で止まっているかのよう。

「もう食べきれないから！　眠くなったら書けないから！」と断るのに、毎日おやつを用意された。

食べ物も持ち物も、「足るを知る」という言葉を伝えようと思ったが、いい年をして三食世話になっている身なので控えた。

結婚五〇年余というのに、毎日飽きずに口喧嘩をするのにも驚かされた。こちらが冷や冷やするようなきつい言い方でやりあうのに、五分後には仲良く高校野球などを見ているので、あっけにとられる。

本人たちは気がついていないが、喧嘩の要因の大半は、〝もの忘れ〟である。あるとき、風呂上がりの母が「眼鏡がない」と騒ぎ出した。がさごそと部屋中を探す。父は、またいつものことと無視している。

ものを探しているときの人間はたいがい、苛《いら》ついている。半分怒ったような口調で母が尋ねる。

「一枚、知らない？」

「さあ」

「お父さん、どっかで見なかった？」

「知らん」

二〇分くらい経った頃だろうか。

父が、自分の眼鏡を外して言った。

「あ、これか」

「やだ、この人。私の掛けてる。あーおかし」

勝者のように、母が冷やかす。

「なんでこんなの掛けとるんだ？　俺は」

と、父はぶつぶつつつぶやいている。

それから数日は、ことあるごとに母がその話題を持ち出し、からかっていた。眼鏡ひとつでそこまで引っ張るとは、平和なものだなあと思う。

この人たちは、私が幼い頃から始終口喧嘩が絶えなかったが、何分後かにはなにごともなかったように、二人、こたつに入って茶などをすすっていた。夫婦って変だなと思っていたが、この一〇日間で長年の謎が解けた。

年齢ではない。

二人は、いざこざや絆のほころびを、さっさと忘れる術に長《た》けていたからここまで続いたのだ。

遠慮がないのでぶつかるときは激しいが、その後けろっとした顔で、気持ちの軌道修正をする。その繰り返しで今日まで来たのだ。相手のミスを本当に忘れたのか、忘れたことにしてあげているのかはわからない。

私はやっぱり年を取るのは怖いが、忘れっぽくなることは悪いことばかりではないと思った。忘れないとやっていけない、続かない、生きていけないことがきっとたくさんある。

一日一二時間、机に張り付いて、原稿をなんとか書き終え、東京に戻った。最寄りの駅まで送ってくれた両親は、車の中で、交通ルートについて言い争いをしていたが、私は聞き流した。どうせ、言い合ったことなど帰りにはすっかり忘れているだろうから。

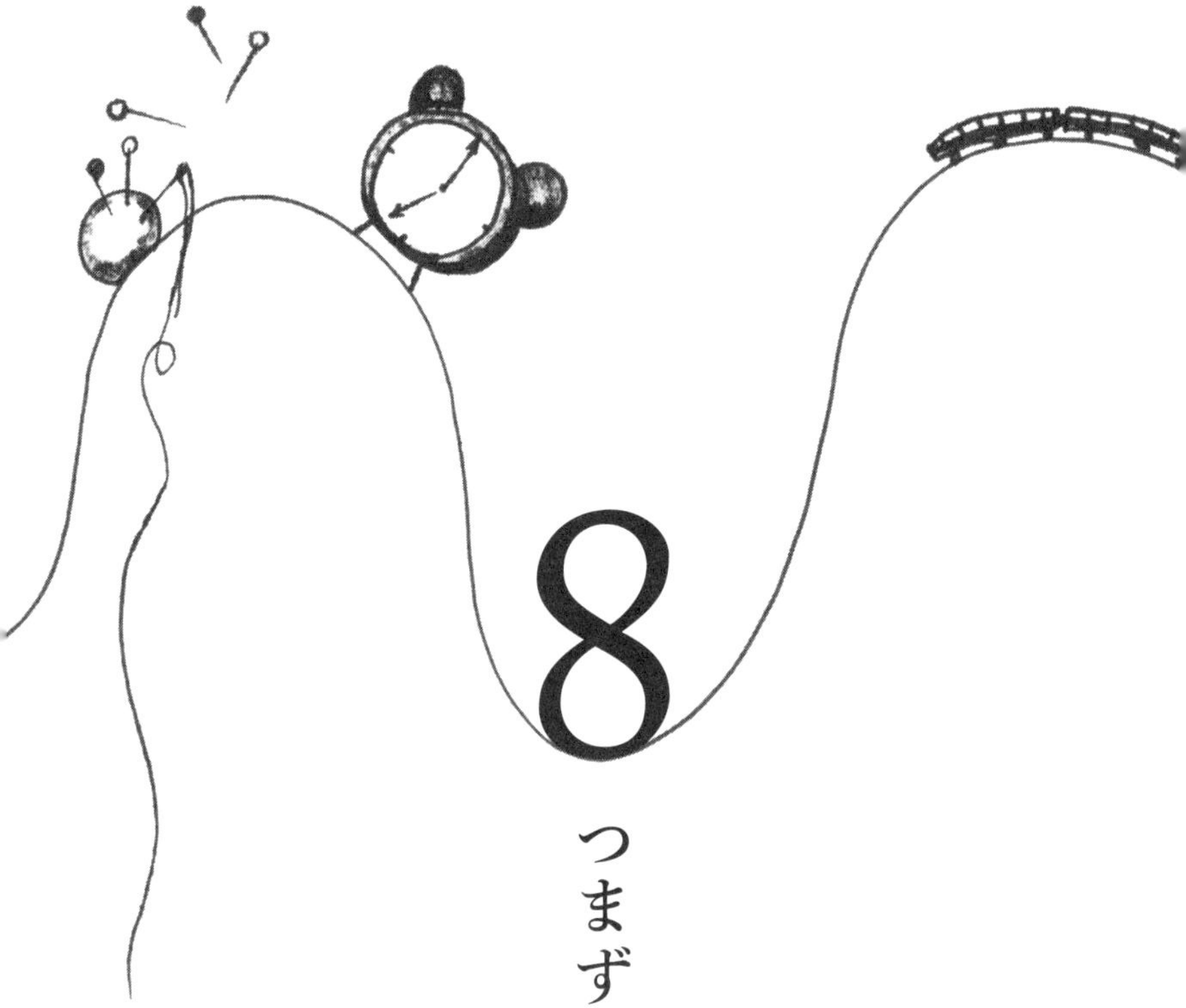

8

つまずきデイズ

元気の空回りでも、
見切り発車の失敗続きでも
どうせ正解などないのだから、
もうちょっとだけ
肩の力を抜いて、
子どもと歩いてみよう。

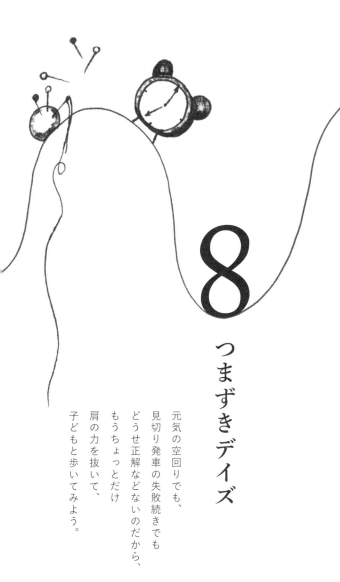

私の恩送りタイム

電車で、小さな子連れの母子を見ると、ときどき思い出す光景がある。今から一五年ほど前、長男五歳、長女一歳くらいだったろうか。私はベビーカーを押し、ぱんぱんにふくれあがったマザーズバッグを肩にかけ、長男の手を引いて電車に乗った。運良く座席が空いていたので長男と並んで座っていた。

私は、むずかる娘を抱き上げ「ベビーカー押さえといて」と息子に頼んだ。満員ではないが、乗客は多めだ。娘の機嫌がなかなか直らない。さらに息子の名を呼び、

「あっくん、バッグの中から赤ちゃん煎餅出して」

大きなバッグを息子に預ける。彼はベビーカーを片手で押さえながら、もう片方で必死にバッグの中を探る。

「あ、ごめん、タオルあるかな」

「水筒も」

すると、隣のおばあさんが穏やかな笑みをたたえて言った。

「そんなにお兄ちゃんに頼んだら、お兄ちゃんかわいそうよ。ねえ」

はっとした。

本当にそのとおりだと思ったからだ。文句も言わず私の右腕となり、なんでも手伝ってくれる長男に頼りきっていた。彼の気持ちを汲《く》む余裕もなかった。ママは赤ちゃんのお世話に大変なの、と言わんばかりに、自分のことしか見えていない自分がとたんに恥ずかしくなった。

お母さんとして、もうちょっとしっかりね、お兄ちゃんだってまだ五歳なのよ。そんなふうに、優しく叱咤された気がした。まっこうから「ダメ」と否定するのではなく、やわらかく、私のプライドや自尊心を傷つけない、いたわりのある言い方がかえって身にしみた。

大事なことを気づかせてもらい、ありがとうございますと頭を下げたくなる。

育児指南書やテレビのカウンセラーの言葉から、子育てのヒントや極意はたくさん学べるが、生きた教えや教訓は、こういう市井《しせい》のふとした瞬間、人生の先輩である無名のお母さん達から学ぶもののほうが心の深いところに響いてくる。

デジタル上にはない生身の言葉にはあたたかな温度がある。

もしかしたらそのおばあさんも、見知らぬ世間のどなたかから若いときに忠言を受けたかもしれない。

私も、もらったものを次の世代に返したい。これを「恩送り」と呼ぶそうだ。人から受けた恩を、子どもなど次の世代の人に返す。「恩返し」ではなく、大玉ころがしのように恩を次の人に送るから恩送り。美しい日本の言葉だ。

そんなこともあってか、あるいは年のせいか、電車やバスで小さな子どもを連れている母子を見るとつい話しかけたり、手助けをしたくなる。そういう中高年女性がよくいるが、まんまと私もそのひとりなのである。

かわいいからだけでなく、自分の過ぎ去った日々に受けた恩を返したくてやっているので、どうぞうっとうしがらないでくださいね、と小さな子どもを持つママさんたちに伝えたい。

運動会で、まさかの失敗

息子は都心のとある私立中学に進んだ。

初めての運動会の日のこと。私は朝から家で撮影仕事があり、バタバタしていたが、それでも早起きをして張り切って重箱に弁当を詰めた。

「私は行けないけど、がんばって」と送り出す。息子は運動着スタイルで電車に乗る。

しばらくして、携帯電話が鳴った。地獄の底から響くような低い声で息子が「学校の門しまってるんだけど」。

「は？　そんなはずないじゃん」

「守衛さんが、運動会は延期だよ、連絡網でメールが一斉に届いているはずだって言ってる。てか、小雨降ってるし」

「……あ、携帯見てないわ。でも携帯見ないで送り出された子はほかにもいるっしょ、その門のへんに」

「いねえよっ、俺だけだよっ」

「家出て小雨なら自分で気づきなよ」

「逆ギレすんなっ」

一時間後。ガラガラと玄関の引き戸の音と同時に、息子の独り言が聞こえた。

――ばばあ、ゆるさん。

比較的温和でおとなしいと言われていた我が息子のつぶやきに、居合わせた撮影スタッフも息を呑む。私は強気で断言した。

「私、忙しいから、これからも学校からのメールなんて、朝チェックする暇ないから。自分のことは自分で確認してね」

こちらに一瞥《いちべつ》もくれず、息子は自室に直行した。

明らかに自分のミスでも、親は敬《うやま》うべき存在。子には簡単に謝ってはいけない。重箱が無駄になったので、私も半分本気で苛ついていた。

翌週、無事運動会は開かれた。

それから六年間、息子はあらゆる行事について、自分で情報収集をするようになった。この親に任せていたら、また都会の真ん中に運動着姿で登校させられかねないと思ったのだろう。それでいい。あそこで謝っていたら、私はいつまでも責任を持つ人、彼は任せきりの人になる。人生はいつなにがあるかわからない。イレギュラーな出来事にも臨機応変、自分で対応する力をつけてもらいたい。

開き直りに異を唱える向きもあろうが、我が家はこれでやっている。それが子を成長させることもあると信じている。

大きくて小さい東京

長男19歳
長女15歳

上京して二五年経つ。故郷の長野で暮らした歳月よりはるかに長い。歌の詞ではないが、遠くへ来たものだなあと思う。

盆などに実家で過ごし、東京に戻ると顔の毛穴がゆるみきっているのを感じる。いい年をして、上げ膳据え膳で母の料理に甘え、なんの手伝いもせず、ずっと家の中でゴロゴロしているので、体も毛穴も弛緩《しかん》しきるのだ。いくつになっても、実家に帰ると、母からの小言が絶えない怠け者の子どもに戻る。

上りの特急あずさが新宿に近づくと電車の窓ガラスに映る自分の顔をぱんぱんと取り組みの前の力士のように軽く叩いて気合を入れることがある。よし、と自分にはっぱをかけるように背筋を伸ばす。電車を降りたら足を踏まれないように、はたまた乗り換えの私鉄までのルートを間違えないように注意深く歩く。

かように、東京は今でもほんの少し私を緊張させる。二五年住もうが、慣れないし、心の隅によそ者の意識がはりついている。

けしておおげさではなく、長年住んでいる下北沢は、数日の帰省の間に店が潰れたり新しい店が増えていたりする。この移り変わりの早さが、毛穴をきゅっと縮めているのかもしれない。

先日、お台場に行った。波打ち際の舗道を歩き、東京にもこんなのんびりしたところがあったのかと驚いた。一五年ほど前、子どもが小さかった頃何度か来たはずなのだがあまり風景の記憶が無い。あの頃は子どもの面倒に必死だったのだろう。

夕方、オレンジの水面《みなも》に屋形船のシルエットが美しく伸びる。江戸の頃もこんな景色が広がっていたのだろうか。

やがて月が浮かび、ビーチレストランではビールやテキーラを飲む若者でいっぱいになる。

離島や南国のような風景だが、ここは銀座のすぐ近く。私の知らない東京がそこにあった。

まだまだ東京は知らない所だらけだなあと思う。

と、同行の友人がつぶやいた。

「東京もいろんなところを知っていくと、ちょっと小さく感じるよね」

なるほど。

果てしないと思っていた場所も、歩いていくうちにやがてそれほど広くないことに気づく。年をとるというのはそういうことなんだろう。案外狭いなと思う頃には、もう帰省しても毛穴がゆるまなくなっているのかもしれない。

ここで育った我が家の子たちに、東京はどう映っているのだろう。

三年前に一度だけ家族で郊外に住んだことがある。ところがある日、家族四人別々に下北沢に用事で立ち寄っていた。夜、そのことがわかってみんなで笑った。

「下北沢に戻りたいの？」と聞くと、全員が頷く。郊外の家は下北沢のマンションの二倍の広さで、住むには申し分のない間取りだった。

「だってこっちのほうが広いよ？」

と、私はたたみかける。

すると、大学生の息子が言った。

「狭かろうがごちゃごちゃ人であふれかえっていようが、しもきたは俺らのホームタウンなんだよ。幼なじみも通い慣れた銭湯もみんなあそこにしかないんだから」

狭くごみごみした街が、彼にとってはかけがえのない故郷だった。私が上京するとほんの少し緊張するように、彼らは郊外の見知らぬ街の駅に降りるたび、よそ者気分を感じていたのだろう。

人の多さや、都会と田舎の違いではない。

ふるさとは誰の心にもある。自分のよるべであり、ゆるぎなく信じられる場所。無条件に自分を受け入れてくれる安らぎのベースだ。

ここがふるさとのわが子たちにとって、東京は広いのだろうか、狭いのだろうか。

私くらいの年齢になった時に聞いてみたい。

盆が近づき、故郷と東京について考え始めたら、思わぬ方向に筆先が進んだ。室生犀星の「ふるさとは遠きにありて思ふもの」という詩を読みたくなった。

泣けて困る病

ずいぶん前に「知らない子の卒業アルバムを見ると、必ず泣いてしまうおばさん」を、テレビでレポートしていた。卒業アルバムならどんな子のものでも、反射的に泣けてしまうらしい。

「これ、おかんじゃん」と子どもたちに言われ、「んなこたあ、あたしは一度もない」と言い返した。

ただ、「見ると必ず即座に泣けてしまう」というテレビ番組ならいくつかある。

箱根駅伝のＣＭ、熱闘甲子園のエンディング、子だくさんドキュメンタリー、小さな店でコロッケを四〇年揚げ続けるおじさんにインタビューする散歩番組。これらを見ると一〇〇％すぐに泣ける。歯を食いしばっていても、気がついたら涙があふれ出ている。

最近、それにくわえて、電車の中でむずかる子をあやしているお母さん、作務衣《さむえ》姿でてんてこ舞いで客の注文に応じている居酒屋のバイトの女の子を見るだけでもこみ上げてくることがある。

どれもとるにたらぬ日常のささやかな光景だが、自分が通ってきた道や、一生懸命頑張ることの尊さなどを、気づかせてくれるからだろう。

ほんの数秒で、ぼたぼた涙をこぼすので、家族はもはや呆れて誰も反応しない。年を取るというのは、いろんな種類の淋しさと共生することであり、同時にいろんな種類のきらきらしたものに共感したり、心を寄せることなのだなあと思う。もう自分はそんなにきらきらできないけれど、他者のそれをまのあたりにするだけで十分自分も幸せになれる、おすそわけみたいな気持ち。

いちばん最近泣いたのは、息子のユニフォームが飾られた、サッカーの試合のベンチ写真だ。息子は留学していて不在だが、心は一緒に闘っているという学友のメッセージが伝わってきた。

青春はいつも、通り過ぎた後に眩しかったことに気づく。息子も遠い国の空の下で画像を見て泣いたという。

遅刻絶対禁止の日に

長男21歳
長女16歳

人生でこの日だけは絶対寝坊してはいけないというときに限って、寝過ごしてしまう。ドジな人間というのはたいがいそういうもので、この人は割るかもなと周囲から思われているとそのシンパシーを感じるのか、絶対割ってはいけないグラスなどを決まってガチャンとやる。

自分が子どもの頃は一度もないのだが、恥ずかしいことに、自分が母親になってから子どもを遅刻させたことが幾度かあり、そのうち絶対やってはいけない日にやってしまったことが一度ならず二度もある。ドジな人間というのはどうして、喉元過ぎると熱さを忘れてしまうものなんだろう。

一度目は息子の高校時代、在校生代表で送辞を読む卒業式に寝坊をした（息子はなんとか、式に滑り込んだ）。

二度目は、娘の中学時代、中間テストの一時間目に起きた。

もちろん、子どもは目覚ましで自主的に起きるべきである。我が家もそうしている。だがたまたま子どもは目覚ましを止め、夫も私も止め、四人が二度寝。「お嬢さんが登校していません」という学校からの電話で飛び起きた。

「す、す、すみません！　今起きました！　一時間目のテストはなんですか」

「社会です。二〇分を過ぎると自動的に赤点になります。間に合いますか」

「間に合いません。先生、なんとか再試験を受けられませんか？」

「試験を終えた生徒から問題を聞いてしまう可能性があるのでむりです」

「教室に行かず、保健室で受けるというのは？」

「病気ではないのでむりです」

そこをなんとかと、電話を切ろうとする先生になおもすがりつく。

先生は、小さく一つ呼吸をしたあと、低く落ち着いた声で小学生を諭《さと》すようにゆっくり言った。

「お母さん、決まりですから」

穴があったら入りたくなったのは言うまでもない。

じつはこう書いている今日も、寝坊をしてしまった。起きたら八時半。娘はダンス部の練習で七時に登校しなければならない。すわ、遅刻と娘の部屋に飛びこんだら、もぬけの殻だった。自分で起き、シリアルを食べ、弁当がないので家族の貯金箱から五〇〇円玉を取り、さっさと登校していた。

抜け殻のようなベッドと空っぽのシリアルの皿を見て、こんな親ですまないと心の中で詫びた。

裁縫ジレンマ

長男20歳
長女16歳

何年か前、娘がつぶやいたことがある。

「最近気づいたんだけど、よそのお母さんは、制服のホックが外れたら、すぐ縫い直してくれるんだね。うちは半年くらい経ってからやっとママがやってくれるじゃん?」

文字で書くと嫌みのようだが、彼女のそれには悪意やよその家への憧れはなく、率直で冷静なニュアンスだった。生まれたときから、家で髪を振り乱して仕事をしている姿や、もともと私の粗忽《そこつ》なようすを見ているので、この人には多くを望んでも、ままならぬことがあると自覚している節がある。

私はスカートを洗うとき、「あ、縫わなくては」と気づくのだが、つい後回しにしてそのまま忘れてしまう。で、ようやく思いたって裁縫箱を開くのだが、適切な大きさのホックがない。いきおい、あるもので間に合わせるので小さなフックに負荷がかかりすぎ、すぐはじけ飛んでしまう。そしてまた一週間、二週間……と放置になる。自分でもこのずぼら加減に辟易《へきえき》とする。

娘は間に合わせで自分で縫い直すこともあるし、クリップで留めたり、帰省の折に持参して、祖母を頼ったりする。

開き直るつもりはない。心苦しさを抱えつつ、子どもを観察していると、親がいろいろ欠けていると、なんとか自分であの手この手を考え出すものだなあということに気づく。高校二年の今では、片づけと縫い物は娘のほうが上手い。最後の母としての砦《とりで》で、「料理と家事の段取りは、あなたには負けないよ」と、とつねづね言いきかせている。ところが娘いわく、「おにぎりと唐揚げは買ったもののほうがおいしい」とのことなので、料理の座も、最近あやうい。唐揚げ専門店のそれはすこぶるおいしいらしい。

こんな日々の中で、ごくたまに、救われるのはたとえばこんな言葉。

「好きなこと仕事にしているから、ママはそれだけですごいよ。勝てない」

何も母らしいことができていないが、そう汲み取ってもらっているのなら、こんなだめだめな私でも、人の子の親になって良かったなと少しだけ肩の荷が下りる。なんだか言い訳がましくなってしまった。ドジでも少々の手抜きでも子は育つ、という話である。

家出事件簿

夫の出張中、当時中学三年の息子と小学六年の娘の怠惰な態度に業《ごう》を煮やし、日曜の昼間に家を出たことがある。ご飯も何も作らず、お金も置かず「しばらく二人で暮らしなさい。米はある」と言って出てきた。

私は地元のスパに行き、その後、喫茶店二軒をはしご。今度は電車に乗ってシネコンの映画を見に行った。夜、映画を一人で観るなんて何年ぶりだろうと考えたら、出産して以来だった。

しかし、突然できた時間は予想外に、けっこうとまどうことばかりだった。二三時ともなると街でやることも尽きて、手持ちぶさたなのである。さて、今日はどこへ泊まろう。ビジネスホテルか、サウナか。休日に突然友だちの家を訪ねるのは迷惑だろう。

結局、また電車で戻り、近所のママに泣きついた。ワインとつまみで夜一時頃まで過ごさせてもらい、そっと自宅に帰宅。

荒れ放題を想像して部屋を覗くと、玄関、キッチン、食器棚の引き出しの中まできれいに掃除され、洗濯物はとりこんでしまわれていて、次の洗濯物まで干されているではないか。

翌朝起きたときの、とくに娘のがっかりした顔が忘れられない。

「なんだ、帰ってきたんだ。本気でおにいちゃんと暮らしていこうと思って家事を分担してたのに」

むしろ迷惑そうな顔で言われた。短気な私は一瞬ムッともしたのだが、別のところでしみじみとした気持ちも芽生えた。ああ、こうやっていつかこの子たちは自立していくんだなあ、と。食事から洗濯から、私がいなくては何もできないと思っていたが、自分の足で立ち、生活を紡《つむ》ぎだすのもそう遠い先ではない。なにせ、私自身、一八歳から親元を離れているのだから。

これは数年前のことで、今でも、ときどき娘が笑い話にする。

「あのとき、ママが帰ってきてホント、テンション下がったわあ。出ていくならかっこ良く最低でも三日は帰ってこないもんだよ」などと。

今の暮らしも、子どもたちにとっては一瞬の止まり木のようなもの。人生というスパンで考えれば、自分で生活を営む時間の方が圧倒的に長い。

つごう一三時間余の家出で学んだのは、中途半端な家出はただの外出でしかない、そして、母でいられる時間は思ったより短いということである。

「暇なの？」

フリーランスという仕事柄、代わりがおらず、不規則で、有休もないので、子どもの学校行事にあまり出られない。娘からは、雨天で延期になった小学校の運動会に行けなかったのを、六年経た今も恨みがましく責められる。当日は空けていたが、延期の日程までは気が回らなかった。

そういう状況が常なので、我が家の子どもたちは甘えるのが少々下手だ。

息子が高校生の時、サッカーの怪我で長期入院をした。腿《もも》の筋肉を膝に移植するという手術で、術後当夜は痛みで一睡もできなかった。二日間、夜中付き添っていた私に、明け方、息子がぶっきらぼうにつぶやいた。

「かあさん、暇なの？」

暇なはずがない。編集者に謝り倒して、パソコンとWi-Fiを持ち込みながらの付き添いだった。執筆は外の喫茶店でやるつもりだ。

口数の少ない思春期の言葉を補うと、〝今、たまたま仕事が暇だから付き添ってくれているの？〟という具合になろうか。

「うん、まあ」

しばらくだまっていたあと、またぽつりと言った。

「ごめん、付き添いさせて」

初めての手術と入院で心が弱っているのだろう。思いがけない柔らかい言葉に涙がこぼれそうになった。

本当は、「暇なの？」ではなくて、最初からこう言いたかったのだと思う。

――そばにいてくれてありがとう。

だが、いい年をした男子が言えるはずもない。まして、いつもばたばた運動会さえままならない母に遠慮して、「手術の日は来て」とは彼は絶対言わない。

そう願っていたが口には出せないところを、たまたま付き添ったので、彼なりに礼を言いたかったのだろう。

じつは、この入院はその後、少し苦い思い出がある。二日間は付き添えたが、片道一時間かかる病院に、私は術後、あまり見舞いに行けなかった。夫が仕事帰りに立ち寄っていた。ある日、見舞いに来てくれた級友に御礼を伝えてもらおうとその子の母親にメールをした。するとこんな返信があった。

「息子が言うには、〇〇君、お母さんが見舞いに来ないって、少し淋しそうだったらしいですよ。一七歳の男子って言ってもまだまだ子どもなんですネ。うちの息子も同じ怪我で入院してたんですが、毎日いろんな訳のわからない検査があって、痛がってました。なんか心細いんでしょうね」

大人だと思ったり、まだまだ子どもだと思ったり。この年齢の子どもはシーソーのように揺れる。私も揺れる。あっちに頭をぶつけ、こっちにぶつけ、転んだり、滑ったり、行きつ戻りつ、ときが過ぎて行く。今は遠い国で学んでいる息子に、あのときはごめんと言えないままでいる。

夫の家事と〝もやっ〟

長男21歳
長女17歳

海外取材で九日間、家を空けた。夫は掃除洗濯から高校生の娘の弁当作りまで家事の一切を担当した。映画の仕事をしている夫もロケに入ると留守にするので家事はイーブン。家にいる者がする、それはどちらでもよいという方針だ。

夫は、自分は平等になんでもこなしていると思っている様子。たしかにありがたいが、私は心の中で、まだまだ本当の平等じゃないんだけどね、と思っている。彼の家事にはいつも必ず、やり残しがあるからだ。

たとえば、公共料金や教材の支払いやマンションの理事会の出欠用紙など、決済が必要なものを封も切らずに端にまとめて置いている。子どもの塾のものは俺わからないからとでもいうように、封も切っていない。

また、我が家はオールドパイレックスの耐熱ガラスのやかんを使っているのだが、食器は洗ってもそれだけは洗ってくれない。何度言っても、その横で油料理をする。棚に定位置があるのにコンロにやかんを出しっ放しにして料理するので、ガラス面が油だらけになると、いくら言っても変わらない。

今回は空っぽの胡麻油の瓶が、カウンターキッチンの上に放置されていた。輪ジミはつくし、不燃物を捨てる場所もマンション内にある。不燃物の処分まで、片付けのついでにして欲しかった。

家事は、最後の最後までやりきって初めてイーブンと言えると思う。あと一歩なのになあと、もどかしい。

だからといって、仕事をしながら引き受けてくれた九日間に感謝もせず文句ばかり言ったら、夫だって面白くない。逆の立場でも同じだと思うので、そこは心にしまっている。

夫婦間で文句を言うと、そのときはスッキリするが、あとあとひきずり「家事をしてもいいことがない」という印象だけが相手に残ってしまう。それは長い目で見て損なので、できるだけ褒める。さんざんバトルを繰りかえした長年の経験から、やっとそういう境地にたどり着いた。

昨夜、娘が「パパのお弁当は彩りがきれいでおいしいから、これからも作って欲しい」と言うので、「ああ、ほんそうにそれがいい。ママのはつい急いで雑になっちゃうからね。パパの、そんなにきれいなんだ。ねえ、今度写真撮っておいて」と全力でもちあげたら、「おまえ、おだてて自分は朝寝ていようと思ってるだろ」。
あちらも長年の経験から、きっちり見破っていた。

だめだった日々も

長男21歳
長女17歳

あらためていうまでもないが、私の人生はドジの連続だ。つい先日も、荻窪駅で待ち合わせするところを、西荻窪駅で待っていた。中央線とはどうも折り合いが悪く、高円寺、東高円寺、新高円寺を間違えたり、中野、新中野、東中野を降り間違える。

そんなわけで、中央線を利用するときはいつもより少し緊張するのだが、まだまだ注意力が足りない。人に迷惑をかけるドジは、どうしたって直さねばならない。

ひとたび、今は二一歳と一七歳になった我が家の育児のドジを振り返ってみる。これはもう、枚挙にいとまが無い。開き直るようだが、迷惑をかけるのが身内だと思うと、どうしても反省の度合いが甘くなる。ドジな親を持つと、子どもはしっかりせざるをえない。自慢にもならないが。

私が寝坊して遅刻させたり、運動会延期の連絡を見落として登校させてしまったりするたび、心の中で詫びつつ、呪文のように「昔の子は」と考える。私の両親の世代は、どの家も子だくさんで、親は子にかまう時間もなく、そのため子ども自身が自立していた。だから〝やりすぎない〟〝かまいすぎない〟くらいがちょうどいいのではあるまいか。

屁理屈に聞こえるかもしれないが、子育てに関してだけは、ちょっとばかり駄目なお母さんのほうがうまくいくような気がする。きっと子どもも楽だし、親子関係も具合がいい。

これは二一年間子育てをしてきた私の、ドジの連続の末につかんだ実感である。

先日、仕事先のアメリカで、交換留学中の息子と合流したとき、私が受け取ったレジの釣り銭を「ちょっと待って」と、確認していた。ろくに見もせずに、いつもじゃらっと財布に釣りを放り込む私は、「外国ではとくにきちんと確認したほうがいい」と、彼に諭された。

また別の日、娘に「今日は外で食べようか」と提案すると、「いいけど一九時半までに食べ終えられるところでね。いま、夕食時間が予定より三〇分遅れていて、これ以上後ろにずらすと、勉強の計画が崩れるから」と言われた。テスト期間で、食後の勉強時間を、私の夕食準備ののろのろ具合まで見込んで計画していたらしい。そこから三〇分がずれても、修正がきくように、幅を持たせていたのだ。

娘は小学生の頃、時間にルーズなところがあったが、成長するものだなあと、もはや孫のような、自分が育てたのではないような遠い想いに包まれた。それは悪くない感覚である。

こうして、毎日が精一杯だったバタバタの日々を書き綴っていると、うまく事が運んで成功した体験以上に、だめでドジでよれよれだった日々が、かけがえのない記憶の財産になっていると気づく。

9

卒母への足音

もう大丈夫と思ったら、
瞳が曇ったり。
知らぬ間に、
乗り越えていたり。
そんなふうにして
やっと母業に慣れた頃
子どもは扉を開け、
出て行くのだ。
私のあずかり知らぬ
真白な世界へ。

赤を忘れる

私は長らく、赤を忘れていた。

赤い洋服、赤い靴、赤い口紅、赤いバッグ。そんな色が似合う年齢をとうに過ぎたと思うし、この年で身につけたら、なんだか頑張りすぎている人のように見えて恥ずかしいという気持ちのほうが強かったからだ。

ところがあるとき、洋服の展示会で、プレスをしている知人に、

「大平さん、たまにはこういう色いかがですか」

と、赤いブラウスを勧められた。朱に近い赤一色である。

「これくらいの色。着て欲しいなあ、大平さんには」とつぶやいた彼女の言葉が、なんとなく心に残った。

自分はいつから赤い服を着なくなったろうと振り返ったが、思い出せない。クローゼットは白、黒、ベージュばかりだ。

派手すぎないだろうか、浮かないだろうかと心配しながら、おそるおそる胸の前

にあて、全身を鏡に映してみた。

と、気のせいか顔がぱっと明るくみえた。撮影時のレフ板《ばん》のごとく、赤い布地が反射して顔色のトーンを一段上げてくれるようだった。

「あ……」

けっこういいかもしれない、と心の中で思った。

わずかに墨色がかった落ち着いた明度の朱色が、意外にしっくりきた。

これまで仕事と子育ての両立に手を取られ、なかなか自分にかまう時間がなかった。新しいブランドや色味に挑戦し、あれこれ試行錯誤する時間もないので、いつも同じ店で似たようなアイテムを買ってしまう。それが無難だからだ。

だが、子育ても一段落し、今の自分には時間的余裕もある。食わず嫌いをせずに、新しい色に挑戦してみようかなと思いたつ。

そしてブラウスを買った。同色のワンピースも追加したのは、「似合いますよ」という同行の編集女子の言葉に気を良くして、調子に乗ったからだ。

結果、ブラウスもワンピースも、この夏、人前に出るときや、仕事での会食などあらたまった場所で一番登場回数が多かった。

ワンピースというのは誰が着ても、その場が華やかになるし、招いた側も嬉しく感じられるものらしい。また、赤い服をまとうと、なんとなく気持ちも元気になるようで、メイクやヘアスタイルにもこだわりたくなる。それに合う新しいアクセサリーや靴も、気にして店頭で探すようになり、買い物のテンションも上がる。

新しい色を着るという平凡で小さな挑戦が、この夏、私の毎日に小さな張り合いをもたらしてくれた。

派手すぎると思い込んでいた赤が、まさかこんなに日々に活気を与えてくれようとは。

活気の原動力は、おそらく「この赤に、負けない自分になろう」という気持ちである。

シンプルでナチュラルが一番と思い込んでいた時期を一巡して、また女性らしいもの、明るく華やかなものに心惹かれる人生の季節がやってきたことを嬉しく思った。おしゃれは楽しいと教えてくれた赤い服二枚は今、暗かったクローゼットのなかでひときわ目立っている。

扉を開けるたび目に飛び込むそれを見ると、今までだめだと思い込んでいたけれどじつはすてきなものがまだ他にもあるかもしれないと、少しわくわくする。来年も、あれを着て、赤に負けない自分でいられたらと願っている。

めりはりのスイッチ

長男22歳
長女18歳

つい最近、下の娘が高校三年になったのを機に、家の外に仕事場を借りた。それまでも書庫代わりにアパートの小さな一室を借りていたが、通ったり通わなかったりだった。原稿執筆の日は、娘が帰宅したとき、家にいたいという思いもあり、仕事の軸足を自宅の書斎に置いていたからだ。書斎はリビング脇の二畳ほどのスペースで、作りつけの机と本棚があるだけの簡素なもの。コックピットのような狭さだが、一七年前からそこで仕事をしてきた。

学校から帰宅後、慌ただしく受験塾に行く娘を見て、そろそろ軸足を外に置いてもいいだろうと少し広めのマンションに仕事場を移した。

娘が塾前に食べる軽食は、朝作って置いておく。家族揃っての夕食は塾が終わる二二時頃になった。夫も大学生の長男もそれくらいになっても支障がない。

するとどうだろう。私は、次第に家に帰らなくなってしまった。

二二時頃までめいっぱい仕事をつめこんでしまうのだ。時間があったらあっただけ、だらだらと机に向かう。

こうして、私は、一日の〝めりはり〟というものを忘れていったのである。これは自分でも想定外だった。

育児があると、どうしても子どもの生活リズムに仕事を合わせることになる。仕事場を借りるまでは、出張や取材以外は自宅で娘を迎えていた。「ただいま」の声にハリがないな、携帯ばかり見ているな、やけに激しい音楽ばかりかけてるな、などというささやかなサインをそのときに知る。

そして、一八時になったら、パタンとパソコンを閉じる。そこからは強制的に、「お母さん」の時間が始まる。

原稿に興が乗っているときなど、このまま仕事を続けたいな、家事はしたくないなと何度ももどかしい思いをしたが、幼い子どもは待ってくれない。夕食作り、洗濯物の取り入れ、風呂を沸かし、切らしている食材があったら大急ぎで買いに行く。

仕事も、一八時には終えなければいけないので、朝から集中する。窓の向こうがオレンジ色に染まる頃がピークだ。一番、筆ものる。タイムリミットに向けて組んだ原稿の段取りが予定通りにすむと、えもいわれぬ充足感に包まれる。

振り返ると、子どものリズムに合わせることで、仕事にも集中できた。そしてお母さん時間に戻ることで、気持ちが切り替わる。家事は慌ただしいが、仕事スイッチをオフにするような心地よさがあった。

もともとものぐさで、三日坊主の見切り発車。計画を立てるのが苦手な行き当たりばったりの性格である。こんな私が二二年間、原稿書きの生活を途切れることなく続けてこれたのは、一日にめりはりがあったからだと気づいた。

今は時間がいくらでもあるので、仕事のエンジンが掛かるのが遅い。時間がたっぷりあるはずなのに、こなす原稿量は、自宅に仕事場があった頃の方が多いのではないか。

育児と仕事は関連性がないと思っていたが、目に見えない大事なものをもらっていたのだなあと、今頃わかった。

ところで、一七年間書斎として使ってきた自宅のスペースは、今は家族共有のパソコン部屋になっている。仕事道具を撤去して空っぽになった晩、不意にいろんな思いがこみ上げ、なかなか寝付けなかった。ここで働きながら子育てをしてきたんだなとか、あのときはしんどかったなとか……。

横で、寝ていると思った夫がぽつりとつぶやいた。

「いままでご苦労さん」

下の子が巣立つ日までもう少し。

あれ、困ったな。めりはりを忘れていたという話を書いていたら、鼻がツンとしてきた。

自分のめんどうくささを忘れる

独身の女友達が、ある日ポツリと呟いた。

「恋愛って、相手と向き合うんじゃない。自分のめんどうくささと向き合う作業なんですよね。それがいちばん難しい」

そういう感覚を忘れていたので、はっとした。

もっと会いたい。本当はそう言いたいけれど、嫌われるのが怖くて「お仕事頑張ってね。私は大丈夫だから」と強がってしまう。そのあとで落ち込んで、もう少し甘えればよかった、ああいえば、こういえばよかったと、くよくよする。ああ、なんて自分はめんどくさいんだろう。もっと素直に、取り繕《つくろ》わずに自分の気持ちを伝えられたら、どんなに楽か……。

それが恋です、と偉そうに語れるほど経験がない。でも、自分のエゴやわがままをなだめ、すかし、なんとか折り合いをつけ、相手の心に寄り添ってゆく。めんどうだけど、その小さな積み重ねが自分を成長させてくれる。泣いたり笑ったり、気持ちが上がり下がりするその営《いとな》みこそ、恋愛の醍醐味なんだろう。

育児も似ている。子どもを育てながら、自分の弱さと向き合う。子どもを通して、自分が通ってきた道を振り返る。すると、蓋《ふた》をして避けてきた自分の課題が、不意に見えたりする。

たとえば、私は褒めるのが上手ではない。他人だといくらでも褒めることができるのに、我が子が「テストで九〇点とったよ！」と言っても、「良かったね」の前に「次は一〇〇点目指そうね」と、ついよけいな一言を付け加えてしまう。本当はとても嬉しいのに、ここで褒めたら調子に乗ってしまうのではないか、上には上があると教えるのが親ではないかという野暮な考えが邪魔して、素直に喜べないのだ。

自分の母がそうだった。子どもの悲しそうな顔を見て、ああ私も子どもの頃これにへこんだのだったと思い出す。

次こそは手放しで喜ぼうと自分に誓うのに、何度も同じ過ちをおかし、褒め忘れた末にやがて気づく。

がんばったら、ともに喜びあう。素直に努力を讃《たた》える。そのほうがどれほど、次のやる気につながることか。親に認めてもらうことが、どれほど嬉しく、また自信になることだろう。

ようやく素直に喜べるようになった頃には、子どもはもうなにも報告しなくなったりする。

子どもの心に寄り添っていたら、どう言うのがよいかなどすぐわかるはずなのに、結局どこかで、親としての正しい振る舞いを気にするほうが先に立っているからそうなるのだろう。

育児も恋愛も、相手のことを思っているようで、ときに「もっと愛して」「もっとがんばって」と、身勝手な自分がひょっこり顔を出す。誰かを愛するということは、そういうめんどうくさいだめな自分に出会うことでもあるんだな。

けれども、そんな機会がある人生はけっこうありがたいものかもしれない。キラキラした素敵なことばかりじゃないけれど、恋愛も育児も、たしかに人を成長させてくれる。

あのころ、確かに眺めたはずの夜明け

学生時代、イベントの準備で徹夜をしたり、寮で仲間とひと晩語り明かすことがよくあった。あのころ、夜明けは、今よりずっと私の身近にあった。

昨夏、久しぶりに執筆で幾晩も徹夜をした。パソコンから目を離すと、いつのまにか外がぱっと明るくなっていた。

学生時代は、カーテン越しに空はもっと〝しらじら〟明けていた。

おしゃべりのネタと、時間だけがいつでもたっぷりあった。だから、ゆっくり夜が明けていくのを、見届けることができたのだろう。

宵っ張りの癖は、あの頃と変わらない。寝る間際のほとんどの時間が、ラジオや本から、スマホに使われることだけが大きく違う。

ふと、私はこの小さな端末なしに、夜が更けるのをやり過ごせない体になっていやしまいかと、不安になる。

いたずらに、携帯電話を悪者にするつもりはない。便利な働き者で、手放せないのは事実だ。

だが、深夜〇時過ぎ、小さな画面を操作していると、信じられない早さで三〇分や一時間が過ぎてしまう。本を読んだら頭や心に何かが残るけれど、スマホで得た膨大な情報は、脳の中をすりぬけてゆくような感覚がある。何もとどまらないし、残らない。

その結果、きまってほんの少し、自己嫌悪に陥る。ああ、私は今日も夜更けまでスマホに時間をからめとられてしまったと。自分の意志で、使っているのに。

先日、高校生の娘とふたご座流星群を見るため、深夜一時にマンションの屋上に寝転がった。強い寒気のため、毛布を体に巻く。

しばらくすると一本、二本。シューッと星が流れる。娘が「ひゃあ！」と声を挙げる。三〇分もしないうちに、彼女は立て続けに三本見つけた。ところが傍らの私にはいっこうに見えない。あ、と娘が声を挙げたときには消えているのだ。

だんだん焦る。立ち上がって背伸びをしたり、場所を変えたり、目を細めたりするが、見つからない。

次第に、ただじっと待っていると、手持ちぶさたで退屈になった。寒さも骨にしみる。私はとうとう「帰ろう」と、腰を上げた。

「え、いいの？　キレイだからもう少し見ようよ」と娘。

「待ちきれないし、もういいよ」

　ふといくつもの問いが浮かんだ。

　しらじらと明ける夜を何度も見届けたあの頃の私なら、待てただろうか。何本も、流れる星を見つけられたのではあるまいか。

　答えのない広大な夜空をただじっと見つめる、その時間をやり過ごせなくなっている自分にぎくりとする。刻々と変わる情報が詰まった端末のスピードに慣れすぎてしまったせいだろうか。とするなら、携帯世代の娘には、なぜ見えたんだろうか。しらじらと明けてゆく時間に流れていたものと、若さは関係あるんだろうか。

　自然を相手にしたとき、少し前の私はもっとおおらかだった。答えのないものに身を委《ゆだ》ねるゆとりが目減りしている。

　流星の夜、待てない自分を少し淋しく感じた。

　書きながら気づいたが、年齢やスマホのせいにしている自分もちょっと浅ましい。

　次は八月のペルセウス座流星群らしい。流れる星を、私は見つけることができるだろうか。

女の人生の時間割

二〇代のときに取材したある俳人の言葉が忘れられない。

「女の人生は三年ごとに節目がある。だから三年ごとに目標を立てるといいですよ」

その人は、日本で初めて女性だけの会社を興《おこ》し、起業家としても成功。だが、プライベートがない慌ただしい日々の中、病気で倒れたのを機に立ち止まって人生をかえりみた。そして四〇歳を過ぎてから出家した。そんな人生の先輩が、まだ人生駆け出しの私にまっすぐまなざしを向け、諭すように言うのだ。

「いい？　女はそんな先のことを考えてもダメ。三年ごとに自分の目標をお立てなさい」

ただでさえ女には、出産・子育てという、予測をつけにくい人生の大事業がある。だから将来こうしよう、いつかお店を開こう、マンションを買おうなどと五年先一〇年先のことを夢見るのではなく、着実に三年後の自分がどうなっていたいかを想定する。その身近な夢に向かって日々努力をするのが、夢を叶える近道だと教えてくれた。

そのときは、三年なんて短すぎるなあとぼんやり思った程度だったが、四〇代の今はわかる。仕事、家事、育児と、女の人生はそれなりに忙しい。ご近所、子どものママ仲間、習い事の仲間、昔の同僚と、いろんな付き合いもある。相手に合わせて、心の距離や微妙に違う自分のキャラクターを使い分けながら、いろんなところで波風立たぬようやりくりしつつ日々をきりぬける。……と、たしかに五年先、一〇年先のことなどを考えている余裕はない。

たしかに三年というのはリアリティのある数字で、目標も立てやすい。また、三年後に夢をクリアするためには、今日明日、具体的に頑張らないといけない。「そのうちに」なんて思っていると、半年や一年は簡単に過ぎさってしまうからだ。

やがて私は気づいた。二〇代のときにお会いしたあの人は、人生は長くない、一日一日を大切に有意義に過ごしなさい、ということを伝えたかったのではないだろうか――。

私は三〇歳のとき、出産を機に編集プロダクションから独立した。といっても、フリーライターなどというよるべのない職業は、名刺を持ったその日から誰でもなれる。人のつてで、ゴーストライターからチラシやアンケートのまとめみたいなものまで玉石混淆の仕事が来た。ありがたく思い、最初の一年はがむしゃらにやったが、ふと立ち止まることがあった。ただやみくもに引き受けてきたけれど、私はどんなライターになりたいのか。本当は、どんなものを書きたいのか。そのとき、かつて聞いた「女の人生の節目は三年」という言葉を思い出したのである。

以来、「三年後にこういうものを書くライターになっていよう」と、具体的に小さな目標をたててやってきた。ひとつひとつクリアを実感する瞬間があり、それを鮮明に記憶している。設定より早く来ることもあるし、三年以上かかることもある。ただなんとなくこうなったらいいな、と思っていたらいつまで経っても変わらなかっただろう。ぼんやり描いた夢は、実現の確率もぼんやりでしかない。〝絶対三年後に！〟と明確に描かないと、夢は日常の慌ただしさの向こうに押しやられてしまう。

さて、新しいスタートの季節が来た。そろそろ三年単位の夢の更新手続きをするとしよう。

かき氷機で氷をかくのを忘れる

　長年気になっていた収納棚をやっと整理した。やろうやろうと思いながら、気づいたら三年経っていた。玄関前にある大型収納で、裁縫道具、古新聞、日用品のストックなどとともに、梅ジュースを漬ける瓶や味噌作りの道具など、季節の道具もしまってある。

　とりわけ私がなんとかしたいと思っていたのは、キャラクターマークのはいったかき氷機だ。ハンドルをぐるぐる回すと、かき氷ができるシンプルなプラスチック製で、ひと抱えもあり、とにかく場所をとる。

　最後に使ったのは数年前だろうか。収納扉を開けると目に飛び込む大きなそれを見るたび、もう使わないし、誰かに譲ろうかと一瞬考えるのだが、なんとなく「まあいいか」とそのままにしていた。

　夏になると、子どもから「今年はかき氷やろうね」「いちごとメロンのシロップ買っといてね」と言われるのに、氷を用意したりするのが面倒くさくて、いつしかやらずじまいになっていた。

かき氷専用の花弁型のガラスの器は、結婚祝いにもらったものだ。「いつかお子さんが生まれたら使ってくださいね」というメッセージとともに。

新婚の自分には、子どもなどぴんとこなかったが、意外にその時は早く来た。だが、使わなくなるのもまた早かった。かき氷よりおいしいものはいくらでもあるし、がりがりと氷をかくのは手間がかかる。

しかし、いざ手放そうと思うと、子どもたちの笑顔ばかりが浮かんでくる。手の甲に顎《あご》を乗せ、その手をテーブルに置いて、淡雪のように器に降り積もる氷を覗き込む嬉しそうな顔は、驚くほど記憶の中で鮮明だ。

もうかき氷はしてくれないだろうと半分わかっているのに、子どもたちは夏がくると「今年はやろうね」とお約束のようにねだり、目を輝かせる。キャラクターのかき氷機には、薄まった期待に、もう一度夢を託す魔法の力が宿っていたのかもしれない。

ぐるぐるハンドルを回して少しずつ出来上がる淡雪の山。あの頃は面倒でしかなかったが、今思うと、かき氷は、でき上がるまでの時間がワクワク楽しい。ぎりぎりこぼれないような大きな山を作り、赤いシロップを垂らすと、淡雪が沈む。あ〜

へこんじゃった〜と言いながら、好きなだけかける。なんでもないあの瞬間が、我が家の小さな夏の祭りだったのだな。

二度と帰ってこない時間。遠い夏の日。だから愛おしくて、記憶まで手放したくなくて譲れずにいるのだ。

「いっそ、あの子らに子どもができるまで持ってようか」

そう言うと、夫は「そんなのいつだよ」と笑った。案外遠くない気がするのだ。家族の歳月とは、そういうものだから。

精一杯のお祝い返し

「ふふ、誰かわかる？」

自宅の電話が久し振りに鳴った。携帯電話の番号を知らない間柄で、こんなに親しげな声の主とは一体誰だろう。

「えーっと、えーっと、○○（息子）の学校関連の方ですか？　それとも△△（娘）？」

「そうね。そのどちらもだわね」

くくっと楽しそうに笑う声でやっとわかった。二〇年前、息子がお世話になったベビーシッターさんだ。

「ママでしょう！」

「やっとわかったわね。元気？　年賀状を見たら懐かしくなってかけちゃったわ」

当時、ライターになりたてで、二歳の子どもを抱え、保育園のほかに近所で助けてもらえるような人を探していた。藁《わら》にもすがる思いで、近くのスーパーマーケットに貼り紙をしたら、「うちでよければ。母も私も小さい子が大好きなんです」と優しそうな二〇代のお嬢さんが家を訪ねてきてくれた。聞けば同じマンションに住む姉妹とお母さんの三人家族だという。

お嬢さんたちがママと呼んでいたので、私も真似してそう呼んだ。仲良くなってからは、子どもとともに毎晩のようにお邪魔し、転居するまで四年間、家族ぐるみのお付き合いが続いた。向こうの家にあった息子用の小さなスリッパは、さてママが用意したのか、私が持っていったのか……。

それから我が家は何度も転居し、ママの一家も越した。年賀状だけのやり取りになって一〇年以上経つ。

ママは、若い頃、花嫁修業にいそしんだそうで、料理の達人なうえに、盛り付けやもてなし、部屋の季節のしつらいがそれはそれは見事だった。

クリスマスには大きな七面鳥をさばき、手作りのオーナメントを部屋に飾る。いつ訪ねても、季節に合わせたテーブルクロスが敷かれ、私のような二〇も下の若造に、美しいもてなし用の箸を出した。

冷たいものはガラス鉢に、温かいものは陶器や漆器に。料理に応じた器の合わせ方を、そこで初めて覚えた。

レシピもたくさん聞いたが、ママから一番教わったのは〝もてなし〟のありかただ。彼女はふだんの食卓の盛り付けにも、一切手を抜かなかった。

それに比べて私の毎日は、仕事に育児に、あまりにもせわしなくて、料理は作るだけで精一杯。家族のために、おいしいものを最善の美しい出し方で並べるそのスタイルは驚きであり、憧れだった。


今、あの頃のお嬢さんたちの年齢に、我が子がなろうとしている。私はママみたいに、食卓をきれいに整えられているだろうか。

電話の思い出話は止まらず、わたしはどうしてもママの料理が食べたくなり、家族でおしかけることになった。

学生だった下のお嬢さんも今は会社のベテランらしい。独身だったお姉さんは、働く一児の母に。この春大学を卒業する息子に、ふたりからそれぞれ就職祝いの包を差し出された。歳月の流れに感慨を抱いていると、急にママが言った。

「あなたからもらったお皿、ずーっと使ってるのよ。本当にいろんな料理に使って重宝したわ。ね、あれ、見せてあげて」

お嬢さんが食器棚から取り出したのは、私が娘の出産の内祝いに、悩みに悩んでギャラリーで買った作家物の赤絵《あかえ》の器だった。

ああ、と胸がいっぱいになった。贈ったことさえ忘れていた。テーブルコーディネートに長《た》けた人生の先輩に、お返しをするにはどうしたら喜んでくれるだろうと、あちこち歩きまわってやっと見つけた一枚だった。当時、私の引っ越しも決まっていて、それは実質、さよならがわりの御礼でもあった。時間も知恵も経験もなかった新米母の日々がありありと思い浮かぶ。

赤絵の皿からいろんなことを思い出した。いつもてんてこ舞いで、小走りだった日々。仕事もいいけど、もう少し子どものことを気遣ってあげなさいというママからの無言のメッセージ。そして、いろんな人に助けてもらって今の自分があるという大事なこと。

子どもは夫婦だけでは育てられない。

社会人になる息子を、どこか自分たちだけで育て上げたような気になっていた。私は、大事な人や、誰かにしてもらったことを、もっとほかに忘れているかもしれない。

就職のお祝い返しは、息子に任せるとしよう。彼もきっとうんうん言いながら悩むのだろう、あの赤絵のお皿のように。

おわりに

初めて「つかまり立ちをした」。初めて「まんま」と言った。

この一行に、半年以上の時間が横たわっている。ママと言われたときは嬉しかったが、会話を交わせるようになるのは一体どれくらい先なんだろう、自分でパンツを脱《ぬ》いでトイレに行くのは？　親子でレストランに行けるのは？　と考えたら、果てしなく遠い気持ちになったものだ。

ではいつから、子育てなどカップラーメンができるくらいあっという間の短くはかないものなのだと、私は悟ったのか。

——それは長男が小五のときだった。

自分が一八歳で進学のために長野の実家を離れたことを思い出したのである。「息子は今一一歳。あれ？　一緒にいられるのって、あとたった七年？」と愕然とした。それまで、自分がどのへんを走っているかわからない長距離走のように思えていた育児に、突然「残りわずか」という電光掲示板が点灯したのである。私は慌てた。母らしいことができているだろうか。はたまた小学二年の長女は、長男のときよりかまっていないが、淋しかないだろうか。

急に、いろいろがせつなくなった。残りたったの七年で、なにができるだろう。ベタベタする年齢でもないし、何かあるとすぐ外食に頼り、夕食さえ毎日きちんと作れていない。あれこれ考え、結局いい思い出を一緒にいっぱいつくろう、というシンプルな心境にたどりつく。

わかってはいるものの、それ以降もたいしたことはできなかった。中学受験のため、小学四年生から塾に通い、貴重な子ども時代に十分に寄り添えてもいない。

強《し》いて言えば、幼い頃から部活で中断されるまで、長めの休みをとって、家族で安く海外を旅したことだけが忘れがたい思い出になっている。有給休暇もボーナスも会社の保養所もない、その日暮らしの自由業の私達にとって、自由に休みを取れることだけが子どもにいばれる唯一の勲章《くんしょう》だった。

自給自足のフィリピンの島、インドネシア、ベトナム、韓国、タイ、スウェーデン。どの国も、キッチンがあるような安宿に長く滞在し、できるだけ郊外の地方色が強い田舎で過ごすようにした。

最後の家族旅行はタイである。長男の大学卒業、長女の高校卒業が重なった二〇一八年の三月、親よりはるかに忙しい子どもたちの用事の合い間に、なんとか予定をすり合わせて実現した。口には出さないが、だれもが「これが家族四人の最後の旅だ」とわかっていたと思う。

イギリスに交換留学経験のある息子は、全行程の通訳、交渉を担当した。ところが、英語を話せない私は、ときおり垣間見える息子の偉そうな態度に立腹し、あちこちで口喧嘩に。娘は、それを見て「まあまあ」とスケッチブックを開き、喧嘩中の私と息子の似顔絵を描いたりしてとりもつ。夫はどんなトラブルが起きても、のほほんと他人事なので、そこでも喧嘩。最後の旅だと言うのに、うんざりするくらい衝突の繰り返しで、情緒もなにもあったものではない。最近これほど一緒に行動をとったことがなかったので、よけいに互いのリズムや勝手がわからず閉口した。

最終日に息子のガールフレンドと合流。二人を残して私達は帰国した。

帰りの飛行機では、娘と旅の思い出話が尽きない。大小のいざこざやトラブルさえもみな、あっというまに楽しい共有の過去になっている。

これからはもう、旅の時間を分かち合うことがないとわかっているからこそ、思い出話が尽きないんだろう。

さて、少し現在の家族のことを。

二三歳の長男は、小学校五年からの夢である国際協力関連の仕事に就《つ》いた。一九歳の長女は美大に進んだ。私は、彼女の高校卒業を機に、完全に自宅と仕事場を切り離し、今は毎日、〝出勤〟している。帰宅後に原稿を書きながら「おかえり」と言う役目からの完全な引退である。

先日、息子と飲んでいたら、こんなことを言われた。

「小さい時、いろんな旅に連れて行ってくれてありがとう。上司に話したら、いい経験をさせてもらったねと言われて、自分は普通だと思ったけれど恵まれた環境だったんだなと気づいたよ」

そして、「あの国やエリアの選択には、なにか意図があったのか。なぜパリやロンドンやニューヨークではなかったのか」と聞かれた。もちろん安いからであるが、それらのエリアには、都市生活にはない気づきや刺激、価値観や文化があると思ったからだと答えた。

「俺は小五で行ったインドネシアで、自分と同じくらいの子らが物乞《ものご》いをしてくる光景を見て、今の仕事を志した。なぜ格差があるのか、どうしたらその格差をなくせるのか。そのときのことを就活のエントリーシートにも書いた。今、やりたい仕事の入り口に立てたのは、あの旅のおかげだよ」

小さかったり、大きすぎたり、不規則でいびつだった点が、レールのように長い一本の線につながる思いで、その言葉を胸の奥深く、やわらかなところに大切にしまった。

本書のタイトルの出自でもある「北欧、暮らしの道具店」のコラムを読んだ大和書房、小宮久美子さんからご連絡をいただき、四歳から各誌紙に綴ってきた一九年の歳月のエッセイを、一冊にまとめる貴重な機会をいただいた。

忘れかけていた日常の一コマが鮮やかに浮かび上がり、原稿に手を入れる作業は、子どもとの日々がいかに輝き、かけがえがなかったかを再確認する時間になった。

共に過ごした時間は、泡のように消えていく。大人になった我が子の存在以外、何も残らない。そのうち、家も出てゆく。

彼らの心の中に、この家族と過ごした時間が消えない雪のように積もっていてくれていればいい。それが、夢を支える原動力になることもある。そう知れただけで、私の二三年間は最強に報われる。

ランドセルを、サッカーバッグを、学生カバンを携えて何千回とくぐったその玄関扉を開け、胸を張って新しい世界に出てゆきなさい。戻る扉は別の家で、君たちは新しい家族と暮らしをつむぐ。心に幸せな雪がいっぱいにつもる頃、私はもうこの世にはいない。それでいい。

端正な装幀を施してくださった森治樹さんは同い年の子を持つお父さん。独創的で洗練された線と色が魅力のイラストレーター、ミヤギユカリさんは小学生と中学生のお母さんである。本書の底流にある小さなせつなさを全員で共有しながら、それぞれの持ち場で最高の形で表現してくださった。

また、フリー編集者の渡辺のぞみさん、いつも興味深いお題を示す野々瀬広美さん。そして「北欧、暮らしの道具店」の津田麻利江さんには、四年前から温かな視線ときめこまやかな編集で、連載の伴走を続けていただいている。

この場を借りて心よりお礼申し上げたい。ありがとうございます。

さて、よい具合にまとめようと思っていたら、きのう娘が言いだした。「大学を受け直そうかな」。

電車の終点は、もう少し先のよう。

二〇一八年、八月。東京・下北沢にて

［初出一覧］

新米母は各駅停車で
だんだん本物の母になっていく
（「北欧、暮らしの道具店」2015年9月4日）

1
果実通り／ささやかな恒例行事／バースデーサプライズ／家具とのお別れの日に／梅雨、好きになりました（以上「asahi.com」2002〜2005年連載「小さな家の生活日記」より）
真夜中の絆創膏（私家本「真夜中の絆創膏」2005年）

2
朝の時間割／土日はだれのもの／テレビなし生活／パンの耳とチャーハン／家族全員が揃わない夕食のリアル／迷惑かけ上手のすすめ／ホーチミンの元旦／月夜／絵本の時間〜その一／絵本時間〜その二／自宅内早朝勤務、過ぎ去ってみると……／器の数だけ暮らしの思い出／一五分の夜道、心のキャッチボール／土曜の朝、緑道の風景／家電物語（以上 asahi.com 2005〜2011年連載「小さな家の生活日記」より）
朝家事、夜家事（『別冊美しい部屋 Homestyle』2009年1月　主婦と生活社）

3
見逃していた、娘の孤独な四日間／オリンピックと茶の間のテレビ／風呂と子どもと一人の時間／子育てはジェットコースターのように／ちゃぶ台から離れてなくしていたもの（以上 asahi.com 2012年連載「小さな家の生活日記」より）
レッドはない（「北欧、暮らしの道具店」2016年4月15日）

4
弁当のダメ出し（「北欧、暮らしの道具店」2016年9月25日）
帰ってきたバナナ／サプライズ合戦（以上『おかあさんのおべんとう一母弁』（ナカヤミユキ共著　主婦と生活社 2009年）

5
うめないすきま（『別冊美しい部屋 Homestyle』2010年7月　主婦と生活社）
曜日別一五分掃除（『別冊美しい部屋 Homestyle』2010年1月　主婦と生活社）
九年いまむかし／子どもの個室と人生の短さ（以上 asahi.com 2007〜2012年連載「小さな家の生活日記」より）
住み替えでわかった余計と余白（『大人暮らしのインテリア』2017年12月　学研プラス）

6
真夜中の味噌作り／食器洗いの、きのうとあした／心地よさの正体／娘のハグ／女友達はいますか／すべては古い帳簿箪笥から／魔法の言葉、「今日どこ行く？」（以上「北欧、暮らしの道具店」2015年9月〜2016年4月連載「家のなかのちょっぴり面倒なこと。」「暮らしの中で出合う、小さな謎。」より）

7
愛情のバトン／忘れられていたエプロン／怒りは笑い返しで／メガネ紛失事件（以上「北欧、暮らしの道具店」2016年9月〜2017年12月「家のなかのちょっぴり面倒なこと。」「あ、それ忘れてました（汗）」より）
父と黒い釘のこと／秘密の母の夢（asahi.com「小さな家の生活日記」2003年、2009年）
梅としそのささみフライを揚げながら（『クリム』2013年6月　生活協同組合連合会コープ九州事業連合）

8
私の恩送りタイム／大きくて小さい東京／運動会で、まさかの失敗／泣けて困る病／遅刻絶対禁止の日に／裁縫ジレンマ／家出事件簿／「暇なの？」／夫の家事と“もやっ”／だめだった日々も（以上「北欧、暮らしの道具店」2016年7月〜2017年3月連載「つまずきデイズ」「ドジの哲学」より）

9
赤を忘れる／めりはりのスイッチ／自分のめんどうくささを忘れる／あのころ、確かに眺めたはずの夜明け／かき氷機で氷をかくのを忘れる／精一杯のお祝い返し（以上「北欧、暮らしの道具店」2017年10月〜2018年連載「あ、それ忘れてました（汗）」より）
女の人生の時間割（『クリム』2013年4月　生活協同組合連合会コープ九州事業連合）

大平 一枝（おおだいら・かずえ）
作家、エッセイスト。長野県生まれ。大量生産、大量消費の社会からこぼれおちるもの・こと・価値観をテーマに、各誌紙に執筆。著書に『届かなかった手紙』(KADOKAWA)、『男と女の台所』『東京の台所』『ジャンク・スタイル』(以上平凡社)、『あの人の宝物』(誠文堂新光社)、『昭和式もめない会話帖』(中央公論新社) 他多数。映画製作業の夫との間に一男一女。朝日新聞デジタル&wで『東京の台所』(写真・文) 連載中。
HP「暮らしの柄」
http://www.kurashi-no-gara.com/

新米母《しんまいはは》は各駅停車《かくえきていしゃ》で
だんだん本物《ほんもの》の母《はは》になっていく
母業《ははぎょう》23年つれづれ日記《にっき》

2018年9月25日　第1刷発行

著　者　大平一枝《おおだいらかずえ》
発行者　佐藤　靖
発行所　大和《だいわ》書房
東京都文京区関口1-33-4
電話 03-3203-4511
装　画　ミヤギユカリ
装　丁　森　治樹
本文印刷　厚徳社
カバー印刷　歩プロセス
製　本　小泉製本

ISBN978-4-479-78439-5

http://www.daiwashobo.co.jp